L'école de Chateaubriand à Proust

Une anthologie présentée par
Jérôme Leroy

L'école de Chateaubriand à Proust

Librio

Texte intégral

In memoriam *Roger Leroy, hussard noir (1912-1994)*

Préface

Tout commence, bien entendu, par des odeurs oubliées, ou qui le seront bientôt. Celle de la craie et de l'encre, celle des livres neufs dans les cartables de septembre et celle de la cire d'abeille ramenée en juin, pour redonner une allure de miroir aux tables de la classe où se reflète déjà le soleil des vacances. Des odeurs qui étaient les odeurs même du temps, car c'est d'abord un certain usage du temps qu'apprend l'école, une certaine contemplation de la durée où l'ennui se mêle aux plus formidables découvertes, où les premières amours se confondent avec les dates du Malet-Isaac et les premières révoltes avec les tirades des héros de la tragédie classique.

À une époque de rationalisation marchande, alors qu'une certaine critique libertaire et post-situationniste[1] rejoint le néolibéralisme le plus effréné dans son désir d'en finir une fois pour toutes avec cette satanée école de la République parce qu'elle s'entête à ne pas vouloir devenir un secteur économique comme un autre, soumis à des critères de rentabilité, ce genre de nostalgies risque bientôt de ne plus être coté à la Bourse des valeurs.

Pire, même, vous pourriez être assez vite suspectés de tendances réactionnaires... Quoi ? Vous osez défendre les lycées casernes ? Vous ne savez pas que l'école est devenue une incroyable fabrique d'inégalités ? Que la sensibilité des enfants y est bridée par des pédagogies archaïques, que leur esprit est gavé de savoirs inutiles, de connaissances empilées, démonétisées, qui se révéleront un handicap quand il leur faudra s'adapter au monde de l'Entreprise ?

Il serait donc vain, voire de mauvais goût, de rappeler ce qu'écrivait Péguy, poète et professeur, socialiste et catholique, républicain et royaliste – synthèse typiquement française –, une dizaine d'années avant d'être fauché dans les champs de blé ensoleillés d'une fin d'été 1914 : « *La crise de l'enseignement n'est pas une crise de l'enseignement ; il n'y a pas de crise de l'enseignement ; il n'y a jamais eu de crises de l'enseignement ; les crises de*

---

1. *Avertissement aux écoliers et lycéens* de Raoul Vaneigem (Mille et Une Nuits).

l'enseignement ne sont pas des crises de l'enseignement ; elles sont des crises de vie ; elles dénoncent, elles représentent des crises de vie et sont des crises de vie elles-mêmes ; elles sont des crises de vie partielles, éminentes, qui annoncent et accusent des crises de la vie générale. [...] Une société qui n'enseigne pas est une société qui ne s'aime pas, qui ne s'estime pas, et tel est précisément le cas de la société moderne. » Péguy, aussi, qui fut l'inventeur de cette belle expression de « hussard noir » pour désigner les instituteurs, ces mêmes instituteurs qui mettront en pratique leurs leçons de civisme en commandant leurs sections dans les tranchées de l'Argonne ou sous les murs de Verdun [1] : « *Nos jeunes maîtres étaient beaux comme des hussards noirs. Sveltes ; sévères ; sanglés. Sérieux, et un peu tremblants de leur précoce, de leur soudaine omnipotence.* »

Allons, il faudra vous y faire, tout cela n'est plus de saison : oubliez les cours de récréation, oubliez les tableaux noirs, oubliez les cartes Vidal de Lablache sur les murs, ces cartes d'avant la mondialisation mais qui parlaient pourtant si bien du monde. Un monde coloré aux frontières baroques et tortueuses, délicieusement illogiques, comme les chemins de campagne ou les ruelles d'un vieux quartier. Un monde qui ressemblait à l'enfance, en fait, bien loin des flux financiers aux courbes froides qui se jouent des latitudes et des climats, unifiant les hommes et les paysages dans une bulle d'ozone et de silicium.

C'est comme ça : le petit vicomte de Chateaubriand ne montera plus aux arbres dénicher une pie, il restera bien sagement assis au milieu de ses camarades devant l'écran d'ordinateur de sa classe-pupitre, selon la terminologie à la mode. Hugo n'invectivera plus contre Horace, ou alors il ne sera plus question du poète latin mais d'un nouveau logiciel didactique qui aura bogué. Les tribus Longeverne et Velrans de Louis Pergaud n'attendront plus la sortie de l'école pour s'affronter en combats homériques et ruraux mais se livreront au pillage, à l'émeute et à tous ces plaisirs suburbains qu'on laisse à ceux qui n'ont plus rien. Le Petit Chose d'Alphonse Daudet ou le Jacques Vingtras de Jules Vallès n'auront plus à souffrir les avanies du pionnicat pour gagner leur vie d'apprenti poète ou de futur communard, ils seront embauchés comme médiateurs dans les couloirs du métro ou commis à d'autres tâches spécialisées dans le contrôle souriant de la soumission généralisée. Quant au jeune Jean Santeuil de Marcel Proust, il y aura belle lurette que son professeur de philosophie aura été remplacé par un professeur de marketing. Von Hayek, c'est quand même plus utile que Bergson pour spéculer sur le marché des changes et monter sa start-up.

Les textes réunis dans cette anthologie ne sont pas pour autant une célébration angélique d'un quelconque paradis perdu scolaire ni une col-

1. Voir notamment *Paroles de poilus, lettres et carnets du front 1914-1918* (Librio n° 245).

lection d'images d'Épinal un peu poussiéreuses. Couvrant une période qui va de Chateaubriand à Proust et qui correspond à la montée en puissance de l'enseignement de masse, à la lutte sans merci que doit mener la laïque pour s'imposer définitivement, ils reflètent les aspects les plus divers, parfois les plus contradictoires d'un univers à part entière. Un univers dur, et même violent [1] comme en témoignent les lettres de Baudelaire enfant ou les Mémoires de Maxime Du Camp, un univers où l'on rencontre l'humiliation et la souffrance comme chez Balzac ou Vallès mais aussi, et souvent l'on retrouve cela au cœur d'un même texte, un univers où sont convoqués des mythes fondateurs de toute une existence, un univers qui permet à l'artiste d'épanouir les prémices de sa *Bildung*, dans ce que Baudelaire, toujours lui, appellera plus tard, en parlant de la poésie « *la jouissance éternelle de la contrainte* ».

Contrairement aux sociologues, aux pédagogues, aux idéologues, les écrivains, comme d'habitude, ne se trompent jamais. Ce qu'ils nous donnent, sur l'école, ce sont des témoignages de première main, des morceaux de bravoure initiatiques, des répétitions générales des combats à venir, des préludes adolescents aux passions amoureuses ou politiques. En ces temps de discours modernisateurs, un peu niais et très envahissants d'« *école ouverte sur la vie* », les écrivains des pages qui vont suivre – et leur liste, bien sûr, n'est pas exhaustive – avaient tous déjà compris par anticipation et montré de manière éclatante que l'école n'avait aucun besoin de cette ouverture, que cette ouverture n'avait d'ailleurs aucun sens puisque l'école *était* la vie elle-même. Idée toujours vraie, que résumait ainsi de manière définitive Jules Renard, très subtil docteur en lucidité : « *On dit toujours au bachelier qu'il ne connaît pas le monde, et on lui laisse espérer qu'une fois libre, il ira de surprise en surprise. S'il n'oubliait pas instantanément et provisoirement sa vie de collège, qu'il ne se rappellera que plus tard, il s'apercevrait tout de suite, dehors, qu'il ne découvre rien de neuf, que les hommes diffèrent à peine des collégiens, et que, même chez les femmes, ses trouvailles ne sont pas surprenantes.* »

Jérôme LEROY

1. À ce sujet, lire la passionnante étude d'Agnès Thiercé, *Histoire de l'adolescence et des adolescents* (Belin) qui évoque notamment les révoltes parfois insurrectionnelles dans les établissements scolaires du XIXe siècle.

François René de CHATEAUBRIAND

Aventure de la pie

Lorsque le temps était beau, les pensionnaires du collège sortaient le jeudi et le dimanche. On nous menait souvent au Mont-Dol, au sommet duquel se trouvaient quelques ruines gallo-romaines : du haut de ce tertre isolé, l'œil plane sur la mer et sur des marais où voltigent pendant la nuit des feux follets, lumière des sorciers qui brûle aujourd'hui dans nos lampes. Un autre but de nos promenades était les prés qui environnaient un séminaire d'*Eudistes*, d'Eudes, frère de l'historien Mézerai, fondateur de leur congrégation.

Un jour du mois de mai, l'abbé Égault, préfet de semaine, nous avait conduits à ce séminaire : on nous laissait une grande liberté de jeux, mais il était expressément défendu de monter sur les arbres. Le régent, après nous avoir établis dans un chemin herbu, s'éloigna pour dire son bréviaire.

Des ormes bordaient le chemin ; tout à la cime du plus grand, brillait un nid de pie : nous voilà en admiration, nous montrant mutuellement la mère assise sur ses œufs, et pressés du plus vif désir de saisir cette superbe proie. Mais qui oserait tenter l'aventure ? L'ordre était si sévère, le régent si près, l'arbre si haut ! Toutes les espérances se tournent vers moi ; je grimpais comme un chat. J'hésite, puis la gloire l'emporte : je me dépouille de mon habit, j'embrasse l'orme et je commence à monter. Le tronc était sans branches, excepté aux deux tiers de sa crue, où se formait une fourche dont une des pointes portait le nid.

Mes camarades, assemblés sous l'arbre, applaudissaient à mes efforts, me regardant, regardant l'endroit d'où pouvait venir le préfet, trépignant de joie dans l'espoir des œufs, mourant de peur dans l'attente du châtiment. J'aborde au nid ; la pie s'envole ; je ravis les œufs, je les mets dans ma chemise et redescends. Malheureusement, je me laisse glisser entre les tiges jumelles et j'y reste à califourchon. L'arbre étant élagué, je ne pouvais appuyer mes pieds ni à droite ni à gauche pour me soulever et reprendre le limbe extérieur : je demeure suspendu en l'air à cinquante pieds.

Tout à coup un cri : « Voici le préfet ! » et je me vois incontinent abandonné de mes amis, comme c'est l'usage. Un seul, appelé Le Gobbien, essaya de me porter secours, et fut tôt obligé de renoncer à sa généreuse entreprise. Il n'y avait qu'un moyen de sortir de ma fâcheuse position, c'était de me suspendre en dehors par les mains à l'une des deux dents de la fourche, et de tâcher de saisir avec mes pieds le tronc de l'arbre au-dessous de sa bifurcation. J'exécutai cette manœuvre au péril de ma vie. Au milieu de mes tribulations, je n'avais pas lâché mon trésor ; j'aurais pourtant mieux fait de le jeter, comme depuis j'en ai jeté tant d'autres. En dévalant le tronc, je m'écorchai les mains, je m'éraillai les jambes et la poitrine, et j'écrasai les œufs : ce fut ce qui me perdit. Le préfet ne m'avait point vu sur l'orme ; je lui cachai assez bien mon sang, mais il n'y eut pas moyen de lui dérober l'éclatante couleur d'or dont j'étais barbouillé. « Allons, me dit-il, monsieur, vous aurez le fouet. »

Si cet homme m'eût annoncé qu'il commuait cette peine en celle de mort, j'aurais éprouvé un mouvement de joie. L'idée de la honte n'avait point approché de mon éducation sauvage : à tous les âges de ma vie, il n'y a point de supplice que je n'eusse préféré à l'horreur d'avoir à rougir devant une créature vivante. L'indignation s'éleva dans mon cœur ; je répondis à l'abbé Égault, avec l'accent non d'un enfant, mais d'un homme, que jamais ni lui ni personne ne lèverait la main sur moi. Cette réponse l'anima ; il m'appela rebelle et promit de faire un exemple. « Nous verrons », répliquai-je, et je me mis à jouer à la balle avec un sang-froid qui le confondit.

Nous retournâmes au collège ; le régent me fit entrer chez lui et m'ordonna de me soumettre. Mes sentiments exaltés firent place à des torrents de larmes. Je représentai à l'abbé Égault qu'il m'avait appris le latin ; que j'étais son écolier, son disciple, son enfant ; qu'il ne voudrait pas déshonorer son élève, et me rendre la vue de mes compagnons insupportable ; qu'il pouvait me mettre en prison, au pain et à l'eau, me priver de mes récréations, me charger de *pensums* ; que je lui saurais gré de cette clémence et l'en aimerais davantage. Je tombai à ses genoux, je joignis les mains, je le suppliai par Jésus-Christ de m'épargner : il demeura sourd à mes prières. Je me levai plein de rage, et lui lançai dans les jambes un coup de pied si rude, qu'il en poussa un cri. Il court en clochant à la porte de sa chambre, la ferme à double tour et revient sur moi. Je me retranche derrière son lit ; il m'allonge à travers le lit des coups de férule. Je m'entortille dans la couverture, et, m'animant au combat, je m'écrie :

Macte animo, generose puer[1] !

Cette érudition de grimaud fit rire malgré lui mon ennemi ; il parla d'armistice : nous conclûmes un traité ; je convins de m'en rapporter à

1. « Courage, enfant de bonne race ! »

l'arbitrage du principal. Sans me donner gain de cause, le principal me voulut bien soustraire à la punition que j'avais repoussée. Quand l'excellent prêtre prononça mon acquittement, je baisai la manche de sa robe, avec une telle effusion de cœur et de reconnaissance, qu'il ne se put empêcher de me donner sa bénédiction.

(*Mémoires d'outre-tombe*)

François René de CHATEAUBRIAND

Victor Hugo, qui savait de quoi il parlait, avait déclaré enfant qu'il voulait « être Chateaubriand ou rien ». L'œuvre monumentale de François René de Chateaubriand (1768-1848) inaugure tous les grands thèmes du romantisme français en célébrant dans une langue somptueuse la nature, le voyage, la mélancolie, la passion et l'exaltation du moi. Ambassadeur à Londres sous la Restauration, il attendra la fin de sa vie pour rédiger ses *Mémoires d'outre-tombe* dont les deux premières parties sont entièrement consacrées à son enfance et son adolescence en Bretagne. Si de trois à sept ans, le jeune vicomte court les grèves de Saint-Malo avec d'autres galopins de son âge et ne connaît qu'une éducation plutôt désordonnée dispensée par de vieux précepteurs, il commence ensuite ses études secondaires au collège de Dol. L'« aventure de la pie » se situe à cette époque et montre déjà, en miniature, tout ce qui fera le charme de Chateaubriand : un courage physique évident, un orgueil démesuré et un sens certain de la repartie.

Honoré de BALZAC

Un nouveau

Avant la Révolution, l'ordre des Oratoriens, voué, comme celui de Jésus, à l'éducation publique, et qui en eut la succession dans quelques maisons, possédait plusieurs établissements provinciaux, dont les plus célèbres étaient les collèges de Vendôme, de Tournon, de La Flèche, de Pont-le-Voy, de Sorrèze et de Juilly. Celui de Vendôme, aussi bien que les autres, élevait, je crois, un certain nombre de cadets destinés à servir dans l'armée. L'abolition des corps enseignants, décrétée par la Convention, influa très peu sur l'institution de Vendôme. La première crise passée, le collège recouvra ses bâtiments ; quelques Oratoriens disséminés aux environs y revinrent, et le rétablirent en y conservant l'ancienne règle, les habitudes, les usages et les mœurs, qui donnaient à ce collège une physionomie à laquelle je n'ai rien pu comparer dans aucun des lycées où je suis allé après ma sortie de Vendôme. Situé au milieu de la ville, sur la petite rivière du Loir qui en baigne les bâtiments, le collège forme une vaste enceinte soigneusement close où sont enfermés les établissements nécessaires à une institution de ce genre : une chapelle, un théâtre, une infirmerie, une boulangerie, des jardins, des cours d'eau. Ce collège, le plus célèbre foyer d'instruction que possèdent les provinces du centre, est alimenté par elles et par nos colonies. L'éloignement ne permet donc pas aux parents d'y venir souvent voir leurs enfants. La règle interdisait d'ailleurs les vacances externes. Une fois entrés, les élèves ne sortaient du collège qu'à la fin de leurs études. À l'exception des promenades faites extérieurement sous la conduite des Pères, tout avait été calculé pour donner à cette maison les avantages de la discipline conventuelle. De mon temps, le correcteur était encore un vivant souvenir, et la classique férule de cuir y jouait avec honneur son terrible rôle. Les punitions jadis inventées par la Compagnie de Jésus, et qui avaient un caractère aussi effrayant pour le moral que pour le physique, étaient demeurées dans l'intégrité de l'ancien programme. Les lettres aux parents étaient obligatoires à certains jours, aussi bien que la confession. Ainsi nos péchés et nos sentiments se trouvaient en coupe réglée. Tout portait l'empreinte de l'uniforme monastique. Je me rappelle, entre autres vestiges de l'ancien institut, l'inspection que nous subissions tous les dimanches. Nous étions en grande tenue, rangés comme des soldats, attendant les deux directeurs qui, suivis des fournisseurs et des maîtres, nous examinaient sous les triples rapports du costume, de l'hygiène et du moral.

Les deux ou trois cents élèves que pouvait loger le collège étaient divisés, suivant l'ancienne coutume, en quatre sections, nommées *les Minimes*, *les Petits*, *les Moyens* et *les Grands*. La division des Minimes embrassait les classes désignées sous le nom de huitième et septième ; celle des Petits, la sixième, la cinquième et la quatrième ; celle des Moyens, la troisième et la seconde ; enfin celle des Grands, la rhétorique, la philosophie, les mathématiques spéciales, la physique et la chimie. Chacun de ces collèges particuliers possédait son bâtiment, ses classes et sa cour dans un grand terrain commun sur lequel les salles d'étude avaient leur sortie, et qui aboutissaient au réfectoire. Ce réfectoire, digne d'un ancien ordre religieux, contenait tous les écoliers. Contrairement à la règle des autres corps enseignants, nous pouvions y parler en mangeant, tolérance oratorienne qui nous permettait de faire des échanges de plats selon nos goûts. Ce commerce gastronomique est constamment resté l'un des plus vifs plaisirs de notre vie collégiale. Si quelque Moyen, placé en tête de sa table, préférait une portion de pois rouges à son dessert, car nous avions du dessert, la proposition suivante passait de bouche en bouche : — *Un dessert pour des pois !* jusqu'à ce qu'un gourmand l'eût acceptée ; alors celui-ci d'envoyer sa portion de pois, qui allait de main en main jusqu'au demandeur dont le dessert arrivait par la même voie. Jamais il n'y avait d'erreur. Si plusieurs demandes étaient semblables, chacune portait son numéro, et l'on disait : *Premiers pois pour premier dessert*. Les tables étaient longues, notre trafic perpétuel y mettait tout en mouvement ; et nous parlions, nous mangions, nous agissions avec une vivacité sans exemple. Aussi le bavardage de trois cents jeunes gens, les allées et venues des domestiques occupés à changer les assiettes, à servir les plats, à donner le pain, l'inspection des directeurs faisaient-ils du réfectoire de Vendôme un spectacle unique en son genre, et qui étonnait toujours les visiteurs.

Pour adoucir notre vie, privée de toute communication avec le dehors et sevrée des caresses de la famille, les Pères nous permettaient encore d'avoir des pigeons et des jardins. Nos deux ou trois cents cabanes, un millier de pigeons nichés autour de notre mur d'enceinte et une trentaine de jardins formaient un coup d'œil encore plus curieux que ne l'était celui de nos repas. Mais il serait trop fastidieux de raconter les particularités qui font du collège de Vendôme un établissement à part, et fertile en souvenirs pour ceux dont l'enfance s'y est écoulée. Qui de nous ne se rappelle encore avec délices, malgré les amertumes de la science, les bizarreries de cette vie claustrale ? C'était les friandises achetées en fraude durant nos promenades, la permission de jouer aux cartes et celle d'établir des représentations théâtrales pendant les vacances, maraude et libertés nécessitées par notre solitude ; puis encore notre musique militaire, dernier vestige des Cadets ; notre académie, notre chapelain, nos Pères professeurs ; enfin, les jeux particuliers défendus ou permis : la cavalerie de nos échasses, les longues glissoires faites en hiver, le tapage de nos galoches gauloises, et surtout le commerce introduit par la boutique établie dans l'intérieur de nos cours. Cette boutique était tenue par une espèce de maître Jacques auquel grands et petits pouvaient demander, suivant le prospectus : boîtes, échasses, outils, pigeons cravatés, pattus, livres de messe (article rarement vendu), canifs, papiers, plumes, crayons, encre de toutes les couleurs, balles, billes ; enfin le monde entier des fascinantes fantaisies de l'enfance, et qui comprenait tout, depuis la sauce des pigeons que nous avions à tuer jusqu'aux poteries où nous conservions le riz de notre souper pour le déjeuner du lendemain. Qui de nous est assez malheureux pour avoir oublié ses battements de cœur à l'aspect de ce magasin périodiquement ouvert pendant les récréations du dimanche, et où nous allions à tour de rôle dépenser la somme qui nous était attribuée ; mais où la modicité de la pension accordée par nos parents à nos menus plaisirs nous obligeait de faire un choix entre tous les objets qui exerçaient de si vives séductions sur nos âmes ? La jeune épouse à laquelle, durant les premiers jours de miel, son mari remet douze fois dans l'année une bourse d'or, le joli budget de ses caprices, a-t-elle rêvé jamais autant d'acquisitions diverses dont chacune absorbe la somme, que nous n'en avons médité la veille des premiers dimanches du mois ? Pour six francs, nous possédions, pendant une nuit, l'universalité des biens de l'inépuisable boutique ! et, durant la messe, nous ne chantions pas un répons qui ne brouillât nos secrets calculs. Qui de nous peut se souvenir d'avoir eu quelques sous à dépenser le second dimanche ? Enfin qui n'a pas obéi par avance aux lois sociales en plaignant, en secourant, en méprisant les parias que l'avarice ou le malheur paternel laissaient sans argent ?

Quiconque voudra se représenter l'isolement de ce grand collège avec ses bâtiments monastiques, au milieu d'une petite ville, et les quatre parcs dans lesquels nous étions hiérarchiquement casés, aura certes une idée de l'intérêt que devait nous offrir l'arrivée d'un *nouveau*, véritable passager survenu dans un navire. Jamais jeune duchesse présentée à la cour n'y fut aussi malicieusement critiquée que l'était le nouveau débarqué par tous les écoliers de sa division. Ordinairement, pendant la récréation du soir, avant la prière, les flatteurs habitués à causer avec celui des deux Pères chargés de nous garder une semaine chacun à leur tour, qui se trouvait alors en fonctions, entendaient les premiers ces paroles authentiques : — « Vous aurez demain un nouveau ! » Tout à coup ce cri : — « Un nouveau ! un nouveau ! » retentissait dans les cours. Nous accourions tous pour nous grouper autour du régent, qui bientôt était rudement interrogé. — D'où venait-il ? Comment se nommait-il ? En quelle classe serait-il ? etc.

L'arrivée de Louis Lambert fut le texte d'un conte digne des *Mille et Une Nuits*.

(*Louis Lambert*)

Honoré de BALZAC

On a souvent dit de *Louis Lambert*, publié en 1832, qu'il s'agissait du roman le plus autobiographique d'Honoré de Balzac (1799-1850), entré le 22 juin 1807 au collège des Oratoriens de Vendôme où il resta durant six années sous le régime d'un internat des plus rigoureux. Dans *Louis Lambert*, le lecteur assiste à un phénomène assez rare en littérature : l'éclosion d'un génie, le moment où il apparaît, miraculeux et scandaleux, surtout pour une institution qui ne veut voir qu'une seule tête. Fils d'un simple tanneur, lecteur gargantuesque et métaphysicien précoce, Louis Lambert est remarqué par hasard par Madame de Staël qui finance ses études au collège de Vendôme. Les pages qui relatent les années de scolarité de Louis Lambert et qui occupent la plus grande partie du roman sont parmi les plus cruelles qu'on ait pu écrire sur l'enfance et les violences qui lui sont faites. Seul, plus tard, Jules Vallès pourra rivaliser en noirceur. Maîtres stupides, promiscuités inévitables, chair maigre, brimades régulières, espoir impossible : autrement dit, exactement ce qu'il faut pour démultiplier l'intelligence.

Victor HUGO

À propos d'Horace

Marchands de grec ! marchands de latin ! cuistres ! dogues !
Philistins ! magisters ! je vous hais, pédagogues !
Car, dans votre aplomb grave, infaillible, hébété,
Vous niez l'idéal, la grâce et la beauté !
Car vos textes, vos lois, vos règles sont fossiles !
Car, avec l'air profond, vous êtes imbéciles !
Car vous enseignez tout, et vous ignorez tout !
Car vous êtes mauvais et méchants ! – Mon sang bout
Rien qu'à songer au temps où, rêveuse bourrique,
Grand diable de seize ans, j'étais en rhétorique !
Que d'ennuis ! de fureurs ! de bêtises ! – gredins ! –
Que de froids châtiments et que de chocs soudains !
« Dimanche en retenue et cinq cents vers d'Horace ! »
Je regardais le monstre aux ongles noirs de crasse,
Et je balbutiais : « Monsieur... – Pas de raisons !
Vingt fois l'ode à Plancus et l'épître aux Pisons ! »
Or j'avais justement, ce jour-là, – douce idée
Qui me faisait rêver d'Armide et d'Haydée, –
Un rendez-vous avec la fille du portier.
Grand Dieu ! perdre un tel jour ! le perdre tout entier !
Je devais, en parlant d'amour, extase pure !
En l'enivrant avec le ciel et la nature,
La mener, si le temps n'était pas trop mauvais,
Manger de la galette aux buttes Saint-Gervais !
Rêve heureux ! je voyais, dans ma colère bleue,
Tout cet éden, congé, les lilas, la banlieue,
Et j'entendais, parmi le thym et le muguet,
Les vagues violons de la mère Saguet !
Ô douleur ! Furieux, je montais à ma chambre,
Fournaise au mois de juin et glacière en décembre,
Et, là, je m'écriais :

— Horace ! ô bon garçon !
Qui vivais dans le calme et selon la raison,
Et qui t'allais poser, dans ta sagesse franche,
Sur tout, comme l'oiseau se pose sur la branche,
Sans peser, sans rester, ne demandant aux dieux
Que le temps de chanter ton chant libre et joyeux !
Tu marchais, écoutant le soir, sous les charmilles,
Les rires étouffés des folles jeunes filles,
Les doux chuchotements dans l'angle obscur du bois ;
Tu courtisais ta belle esclave quelquefois,
Myrtale aux blonds cheveux, qui s'irrite et se cabre
Comme la mer creusant les golfes de Calabre ;
Ou bien tu t'accoudais à table, buvant sec
Ton vin que tu mettais toi-même en un pot grec.
Pégase te soufflait des vers de sa narine ;
Tu songeais ; tu faisais des odes à Barine,
À Mécène, à Virgile, à ton champ de Tibur,
À Chloé qui passait le long de ton vieux mur,
Portant sur son beau front l'amphore délicate.
La nuit, lorsque Phœbé devient la sombre Hécate,
Les halliers s'emplissaient pour toi de visions ;
Tu voyais des lueurs, des formes, des rayons,
Cerbère se frotter, la queue entre les jambes,
À Bacchus, dieu des vins et père des ïambes ;
Silène digérer dans sa grotte, pensif ;
Et se glisser dans l'ombre, et s'enivrer, lascif,
Aux blanches nudités des nymphes peu vêtues,
Le faune aux pieds de chèvre, aux oreilles pointues !
Horace, quand grisé d'un petit vin sabin,
Tu surprenais Glycère ou Lycoris au bain,
Qui t'eût dit, ô Flaccus ! quand tu peignais à Rome
Les jeunes chevaliers courant dans l'hippodrome,
Comme Molière a peint en France les marquis,
Que tu faisais ces vers charmants, profonds, exquis,
Pour servir, dans le siècle odieux où nous sommes,
D'instruments de torture à d'horribles bonshommes,
Mal peignés, mal vêtus, qui mâchent, lourds pédants,
Comme un singe une fleur, ton nom entre leurs dents !
Grimauds hideux qui n'ont, tant leur tête est vidée,
Jamais eu de maîtresse et jamais eu d'idée !

Puis j'ajoutais, farouche :

— Ô cancres ! qui mettez
Une soutane aux dieux de l'éther irrités,
Un béguin à Diane, et qui de vos tricornes
Coiffez sinistrement les olympiens mornes,
Eunuques, tourmenteurs, crétins, soyez maudits !
Car vous êtes les vieux, les noirs, les engourdis ;
Car vous êtes l'hiver ; car vous êtes, ô cruches !
L'ours qui va dans les bois cherchant un arbre à ruches,
L'ombre, le plomb, la mort, la tombe, le néant !
Nul ne vit près de vous dressé sur son séant ;
Et vous pétrifiez d'une haleine sordide
Le jeune homme naïf, étincelant, splendide ;
Et vous vous approchez de l'aurore, endormeurs !
À Pindare serein plein d'épiques rumeurs,
À Sophocle, à Térence, à Plaute, à l'ambroisie,
Ô traîtres, vous mêlez l'antique hypocrisie,
Vos ténèbres, vos mœurs, vos jougs, vos exeats,
Et l'assoupissement des noirs couvents béats,
Vos coups d'ongle rayant tous les sublimes livres,
Vos préjugés qui font vos yeux de brouillard ivres,
L'horreur de l'avenir, la haine du progrès ;
Et vous faites, sans peur, sans pitié, sans regrets,
À la jeunesse, aux cœurs vierges, à l'espérance,
Boire dans votre nuit ce vieil opium rance !
Ô fermoirs de la bible humaine ! sacristains
De l'art, de la science, et des maîtres lointains,
Et de la vérité que l'homme aux cieux épelle,
Vous changez ce grand temple en petite chapelle !
Guichetiers de l'esprit, faquins dont le goût sûr
Mène en laisse le beau, porte-clefs de l'azur,
Vous prenez Théocrite, Eschyle aux sacrés voiles,
Tibulle plein d'amour, Virgile plein d'étoiles,
Vous faites de l'enfer avec ces paradis !
Et, ma rage croissant, je reprenais :

— Maudits,
Ces monastères sourds ! bouges ! prisons haïes !
Oh ! comme on fit jadis au pédant de Veïes,
Culotte bas, vieux tigre ! Écoliers ! écoliers !
Accourez par essaims, par bandes, par milliers,
Du gamin de Paris au grœculus de Rome,
Et coupez du bois vert, et fouaillez-moi cet homme !
Jeunes bouches, mordez le metteur de bâillons !

Le mannequin sur qui l'on drape des haillons
A tout autant d'esprit que ce cuistre en son antre,
Et tout autant de cœur ; et l'un a dans le ventre
Du latin et du grec comme l'autre a du foin.
Ah ! je prends Phyllodoce et Xanthis à témoin
Que je suis amoureux de leurs claires tuniques ;
Mais je hais l'affreux tas des vils pédants iniques !
Confier un enfant, je vous demande un peu,
À tous ces êtres noirs ! autant mettre, morbleu,
La mouche en pension chez une tarentule !
Ces moines, expliquer Platon, lire Catulle,
Tacite racontant le grand Agricola,
Lucrèce ! eux, déchiffrer Homère, ces gens-là !
Ces diacres, ces bedeaux dont le groin renifle !
Crânes d'où sort la nuit, pattes d'où sort la gifle,
Vieux dadais à l'air rogue, au sourcil triomphant,
Qui ne savent pas même épeler un enfant !
Ils ignorent comment l'âme naît et veut croître.
Cela vous a Laharpe et Nonotte pour cloître !
Ils en sont à l'A, B, C, D du cœur humain ;
Ils sont l'horrible Hier qui veut tuer Demain ;
Ils offrent à l'aiglon leurs règles d'écrevisses.
Et puis ces noirs tessons ont une odeur de vices.
Ô vieux pots égueulés des soifs qu'on ne dit pas !
Le pluriel met une S à leurs meâs culpâs,
Les boucs mystérieux, en les voyant, s'indignent,
Et, quand on dit : « Amour ! » terre et cieux ! ils se signent.
Leur vieux viscère mort insulte au cœur naissant.
Ils le prennent de haut avec l'adolescent,
Et ne tolèrent pas le jour entrant dans l'âme
Sous la forme pensée ou sous la forme femme.
Quand la muse apparaît, ces hurleurs de holà
Disent : « Qu'est-ce que c'est que cette folle-là ? »
Et, devant ses beautés, de ses rayons accrues,
Ils reprennent : « Couleurs dures, nuances crues ;
» Vapeurs, illusions, rêves ; et quel travers
» Avez-vous de fourrer l'arc-en-ciel dans vos vers ? »
Ils raillent les enfants, ils raillent les poëtes ;
Ils font aux rossignols leurs gros yeux de chouettes ;
L'enfant est l'ignorant, ils sont l'ignorantin ;
Ils raturent l'esprit, la splendeur, le matin ;

Ils sarclent l'idéal ainsi qu'un barbarisme,
Et ces culs de bouteille ont le dédain du prisme !

Ainsi l'on m'entendait dans ma geôle crier.

Le monologue avait le temps de varier.
Et je m'exaspérais, faisant la faute énorme,
Ayant raison au fond, d'avoir tort dans la forme.
Après l'abbé Tuet, je maudissais Bezout ;
Car, outre les pensums où l'esprit se dissout,
J'étais alors en proie à la mathématique.
Temps sombre ! enfant ému du frisson poétique,
Pauvre oiseau qui heurtais du crâne mes barreaux,
On me livrait tout vif aux chiffres, noirs bourreaux ;
On me faisait de force ingurgiter l'algèbre ;
On me liait au fond d'un Boisbertrand funèbre ;
On me tordait, depuis les ailes jusqu'au bec,
Sur l'affreux chevalet des X et des Y ;
Hélas, on me fourrait sous les os maxillaires
Le théorème orné de tous ses corollaires ;
Et je me débattais, lugubre patient
Du diviseur prêtant main-forte au quotient.
De là mes cris.

Un jour, quand l'homme sera sage,
Lorsqu'on n'instruira plus les oiseaux par la cage,
Quand les sociétés difformes sentiront
Dans l'enfant mieux compris se redresser leur front,
Que, des libres essors ayant sondé les règles,
On connaîtra la loi de croissance des aigles,
Et que le plein midi rayonnera pour tous,
Savoir étant sublime, apprendre sera doux.
Alors, tout en laissant au sommet des études
Les grands livres latins et grecs, ces solitudes
Où l'éclair gronde, où luit la mer, où l'astre rit,
Et qu'emplissent les vents immenses de l'esprit,
C'est en les pénétrant d'explication tendre,
En les faisant aimer, qu'on les fera comprendre.
Homère emportera dans son vaste reflux
L'écolier ébloui ; l'enfant ne sera plus
Une bête de somme attelée à Virgile ;
Et l'on ne verra plus ce vif esprit agile
Devenir, sous le fouet d'un cuistre ou d'un abbé,

Le lourd cheval poussif du pensum embourbé.
Chaque village aura, dans un temple rustique,
Dans la lumière, au lieu du magister antique,
Trop noir pour que jamais le jour y pénétrât,
L'instituteur lucide et grave, magistrat
Du progrès, médecin de l'ignorance, et prêtre
De l'idée ; et dans l'ombre on verra disparaître
L'éternel écolier et l'éternel pédant.
L'aube vient en chantant, et non pas en grondant.
Nos fils riront de nous dans cette blanche sphère ;
Ils se demanderont ce que nous pouvions faire
Enseigner au moineau par le hibou hagard.
Alors, le jeune esprit et le jeune regard
Se lèveront avec une clarté sereine
Vers la science auguste, aimable et souveraine ;
Alors, plus de grimoire obscur, fade, étouffant ;
Le maître, doux apôtre incliné sur l'enfant,
Fera, lui versant Dieu, l'azur et l'harmonie,
Boire la petite âme à la coupe infinie.
Alors, tout sera vrai, lois, dogmes, droits, devoirs.
Tu laisseras passer dans tes jambages noirs
Une pure lueur, de jour en jour moins sombre,
Ô nature, alphabet des grandes lettres d'ombre !

Paris, mai 1831

(*Les Contemplations*)

Victor HUGO

Victor Hugo (1802-1885), c'est un peu la banque centrale de notre littérature. Rien, ni le théâtre, ni le roman, ni la poésie, n'a échappé à son génie protéiforme. *Les Contemplations*, d'où est extrait ce poème, paraissent en 1856. Le recueil, tout entier organisé autour de la mort prématurée de sa fille Léopoldine, est considéré comme le sommet du lyrisme hugolien en même temps qu'une somme, un bilan et une apogée de toute l'aventure romantique. « À propos d'Horace » est encore un bel exemple de révolte du génie précoce contre une institution peuplée de cuistres crasseux, en l'occurrence les maîtres de la pension Cordier dans laquelle il est « interné » avec son frère en 1814 pour cause de mésentente parentale. Il est loin, alors, le temps de l'enfance délicieuse aux Feuillantines : « J'eus dans ma blonde enfance, hélas ! trop éphémère / Trois maîtres : un jardin, un vieux prêtre et ma mère. » Mais, comme à chaque chose, malheur est bon, tous les biographes s'accordent à reconnaître que ce fut dans la sinistre pension Cordier que le jeune Victor écrivit ses premiers poèmes.

Charles BAUDELAIRE

À Alphonse Baudelaire

Lyon, 25 mars 1833.

Mon frère,

Grande rumeur au collège. Un maître a frappé un élève jusqu'à lui donner des maux de poitrine. Il est extrêmement malade et ne peut se lever. Je te vais tout raconter. Cet élève, au bout d'une demi-heure d'étude ne comprenant pas son devoir, avait fait passer des billets pour le savoir. Le pion l'ayant découvert lui dit des sottises selon son ordinaire. L'autre fit encore passer un billet pour lequel fut donnée une roulée à laquelle l'élève riposta quelques coups de pied. Le pion voulant terminer cette lutte d'un seul coup lui donne un coup de pied dans les reins. Le tambour bat pour le souper. L'élève se met à son rang ordinaire, le pion le fait passer à la queue en lui disant qu'il n'était pas digne d'aller avec les autres. En revenant du souper il le met dans le charbonnier pour la même raison. De temps en temps il venait le claquer ; l'élève avait les reins en déconfiture, il ne pouvait lui résister. On se couche. Deux jours après, sortie. Je rentre le soir et l'on m'apprend que cet élève est à l'infirmerie, ne pouvant plus se soutenir et qu'il est tombé en défaillance dans les rangs. L'infirmière est résolue à tout faire pour qu'il s'en aille, mais ce n'est pas encore sûr comme il est bien *coco* auprès du proviseur.

Nous lui avons fait un tel charivari dans la cour que le proviseur l'a entendu de son appartement. Alors ce *pion* riait de ce qu'on faisait pour lui, mais il riait *jaune*. Je suis dans les *mutins*. Je ne veux pas être de ces *lèche-culs* qui craignent de déplaire aux pions.

Vengeance sur ceux qui ont abusé de leurs droits. C'était une inscription des barricades de *Paris*. S'il ne s'en va pas, nous faisons mettre un article sur *Le Courrier de Lyon*. Adieu. Bonsoir. Bien des choses de la part de papa, de maman, de moi pour tout le monde et pour toi particulièrement.

Le mutin cadet,
CHARLES.

Les lettres que tu m'as écrites étant chez maman, j'ai encore oublié ton numéro.

À Alphonse Baudelaire

Lyon le 27 au soir.

Mon cher frère,

Il y a bien longtemps que je ne t'ai écrit, bien longtemps que tu ne m'as répondu. Tort de part et d'autre, quitte à quitte, et je répare ma faute le premier, attendu que je suis le plus jeune. Rentré au Collège cette année, j'ai pris de bonnes résolutions, et je les tiens... passablement. Le mal est qu'en étude, bavardant comme je bavarde, je m'attire toujours quelque méchant pensum. C'est maintenant qu'il fait bon à écrire ces maudits pensums, maintenant qu'on a les doigts froids et raides comme du marbre. Il y a encore les arrêts, mon écueil éternel.

L'ÉLÈVE : Eh, dis donc, voisin, prête-moi donc ton devoir afin que je copie.

LE MAÎTRE : Monsieur, une demi-heure d'arrêt.

L'ÉLÈVE : Ah ! vilain !

LE MAÎTRE : Monsieur, pour murmurer, vous en ferez le double.

L'ÉLÈVE : Et pourqu...

LE MAÎTRE : Triple.

Etc., etc., etc., etc., etc., ça mène bien loin quelquefois. Être aux arrêts, c'est être planté comme une statue contre un mur ou contre un arbre, y geler (en hiver) pendant tout le temps que l'exige un tyran.

Mais c'est bien sot de me plaindre du régime du collège ; m'étant bien conduit, qu'ai-je eu à souffrir ? Rien.

Il vaut mieux prendre des résolutions encore plus fermes pour l'année 1835, souhaiter à mon frère tout le bien possible, et comme lycéen lui donner pour étrennes les places de septième, quatrième, quatrième, troisième, deuxième, que j'ai obtenues depuis le commencement de l'année.

Ton frère CHARLES.

À Madame Aupick

Paris, décembre 1838.

Je suis privé de sorties jusqu'à nouvel ordre pour mauvaise conduite à la salle de dessin ; c'est-à-dire que le sous-directeur dont je me suis souvent moqué l'année passée a saisi cette année la première occasion de me punir, et comme un jour je faisais du bruit, il a dit que je le tourmentais depuis trois ans, et qu'il demanderait pour moi une punition extraordinaire ; par bonheur, sa punition sera à peu près nulle ; comme le congé de Noël a lieu dans trois semaines et qu'alors je serai probablement exempté, je n'aurai été privé que d'un peu plus d'une quinzaine. Voilà ce que c'est que d'avoir des ennemis. Puisque je ne puis plus sortir et prendre moi-même dans ma chambre ce dont j'ai besoin, je désirerais que tu m'envoyasses par Joseph un album de maroquin sur lequel est imprimé Charles Baudelaire et qui se trouve dans le tiroir de ma table. J'ai promis à un de mes camarades un dessin qui se trouve dedans ; je compte couper la feuille au collège et rendre l'album à Joseph. – Tu me diras que c'est bien inutile, et qu'on pourrait couper le dessin à la maison, et me l'apporter au collège, mais je suis sûr qu'il serait mal coupé et qu'il serait abîmé en route. Plus une feuille de papier bleue, ou jaune, très épaisse ; de ces feuilles colorées qu'on voit dans les albums, et sur lesquelles on colle des dessins sur papier blanc pour les mettre en relief. Plus le pot de pommade que tu as oublié et qui est dans la petite armoire en haut. Si Joseph vient, charge-le aussi de me dire des nouvelles de la jambe de papa, car à t'entendre la dernière fois, elle n'allait pas bien. Je suis sûr qu'il ne veut pas t'en parler, comme c'est son habitude, quand il craint de t'inquiéter. Mais tu sauras bien me dire si cela va mieux. Embrasse-le bien pour moi.

C. BAUDELAIRE.

(*Correspondance*)

Charles BAUDELAIRE

L'apprentissage du dandysme commence très tôt. À lire les lettres du jeune Charles Baudelaire (1821-1867) à son frère, à sa mère ou au futur général Aupick, son beau-père, on devine sans peine la silhouette du promeneur du *Spleen de Paris*, déjà crispé comme un extravagant. Révolté par le remariage maternel, c'est dans les pensions du lycée de Lyon puis de Louis-le-Grand, d'où il sera renvoyé, qu'il ruminera ses colères, ses désespoirs, mais aussi ses premières illuminations. Là encore, l'école joue manifestement le rôle involontaire de catalyseur. Elle est l'occasion des premières transgressions et des premiers affrontements, y compris ceux qu'il faut mener contre soi-même, c'est-à-dire, dans le cas de Baudelaire, d'une paresse paralysante née d'un dégoût universel. Que ce soit au travers du personnage de Samuel Cramer dans *La Fanfarlo* ou dans les notes fulgurantes des *Fusées* ou de *Mon cœur mis à nu*, on voit toute l'importance qu'eurent ces années d'enfermement, de pensums et de férule sur la sensibilité du poète qui écrivait encore, bien des années plus tard : « *Sentiment de solitude, dès mon enfance. Malgré ma famille, – et au milieu des camarades, surtout, – sentiment de destinée éternellement solitaire.* »

Gustave FLAUBERT

À Ernest Chevalier

Rouen, 23 juillet 1839.

Si je t'écris maintenant, mon cher Ernest, ne mets pas cela sur le compte de l'amitié mais plutôt sur celui de l'ennui. Me voilà chié en classe à 6 heures du matin ne sachant que faire et ayant devant moi l'agréable perspective de quatre heures pareilles car notre nouveau censeur ne veut nous laisser sortir qu'à 10 h[eures] et je compose... en vers latins ! ! ! ! ! ! ! Ah nom de Dieu, quand serai-je quitte de ces bougres-là ? Heureux le jour où je foutrai le collège au diable. Heureux trois fois heureux, *ter quaterque beatus* celui qui comme toi en est sorti. Mais encore un an, et après... en route ! Sur laquelle ? Je n'en sais rien, mais je voguerai loin de cette galère, et c'est tout ce que je demande maintenant.

Il y a pourtant bientôt un an que nous ne nous sommes vus. Cela est long. Dis-moi quand tu viendras à Rouen passer quelques jours avec nous. Nous recommencerons nos usuelles promenades sur les coteaux, la pipe à la bouche, tout seuls, parlant dans les champs. Tu me dirais toute ta vie de cette année [...] tes joies et tes ennuis. Ce que tu as fait. Nous nous verrons un peu face à face et moi qu'aurai-je à te dire ? Rien, presque rien. Ma vie est vide, mon cœur ne l'est pas moins.

Eh bien ! me voilà presque sorti des bancs, me voilà sur le point de *choisir un état*. Car il faut être un homme utile et prendre sa part au gâteau des rois en faisant du bien à l'humanité et en s'empiffrant d'argent le plus possible. C'est une triste position que celle où toutes les routes sont ouvertes devant vous, toutes aussi poudreuses, aussi stériles, aussi encombrées et qu'on est là douteux, embarrassé sur leur choix.

J'ai rêvé la gloire quand j'étais tout enfant, et maintenant je n'ai même plus l'orgueil de la médiocrité. Bien des gens y verront un progrès, moi j'y vois une perte. Car enfin, pourvu qu'on ait une confiance, chimérique ou réelle, n'est-ce pas une confiance, un gouvernail, une boussole, tout un ciel pour nous éclairer ? Je n'ai plus ni conviction ni enthousiasme ni croyance. J'aurais pu faire, si j'avais été bien dirigé, un excellent acteur, j'en sentais la force intime et maintenant je déclame plus pitoyablement que le dernier gnaffe, parce que j'ai tué à plaisir la chaleur, je me suis ravagé le cœur avec un tas de choses factices et des bouffonneries infinies. Il ne poussera dessus aucune moisson. Tant mieux. Quant à écrire, j'y ai totalement renoncé, et je suis sûr que jamais on [ne] verra mon nom imprimé. Je n'en ai plus la force, je ne m'en sens plus capable, cela est malheureusement ou heureusement vrai. Je me serais rendu malheureux, j'aurais chagriné tous ceux qui m'entourent, en voulant monter si haut, je me serais déchiré les pieds aux cailloux de la route. Il me reste encore les grands chemins, les voies toutes faites, les habits à vendre, les places, mille trous qu'on bouche avec des imbéciles. Je serai donc bouche-trou dans la société, j'y remplirai ma place. Je serai un homme honnête, rangé et tout le reste si tu veux, je serai comme un autre, comme il faut, comme tous, un avocat, un médecin, un sous-préfet, un notaire, un avoué, un *juge* tel quel, une stupidité comme toutes les stupidités, un homme du monde ou de cabinet ce qui est encore plus bête. Car il faudra bien être quelque chose de tout cela et il n'y a pas de milieu. Eh bien j'ai choisi, je suis décidé, j'irai faire mon droit ce qui au lieu de conduire à tout ne conduit à rien. Je resterai 3 ans à Paris à gagner des véroles et ensuite ? – Je ne désire plus qu'une chose, c'est d'aller passer toute ma vie dans un vieux château en ruines au bord de la mer.

Tout à toi mon vieux.

Pardonne-moi l'ennui que ma lettre t'a procuré, la maladie est contagieuse.

À Ernest Chevalier

Rouen, samedi 10 août 1839.

Mon cher Ernest,

Le moment des vacances approche. Il doit t'être maintenant moins sensible qu'à nous pauvres bougres d'écoliers collés toute l'année à des bancs de bois. – Nous allons donc nous revoir, mais pourtant pas de suite, car je ne puis t'inviter maintenant à venir chez nous, et en voici sacré nom de Dieu les motifs, ce sera pour dans quelque temps : la cousine de ma mère, Adèle, arrive demain matin et s'empare de ta chambre, et puis j'aime mieux t'avoir tout seul, que d'être embêté d'un tiers qu'on a toujours sur les épaules. Je ne puis te préciser l'époque, mais dans une quinzaine de jours, il faudra bien que nous fumions quelques vieilles bouffardes en blaguant dans cette bonne chambre, où nous avons tant pantagruélisé et dont les murs savent tant de choses comme dit M. Michelet. Ainsi donc je compte bien te voir les premiers jours de septembre.

Nion est reçu bachelier d'hier. Il ne se tient pas d'aise. Dans un an à mon tour, et il faudra bien que ce tour arrive. Tu as été malade en débarquant aux Andelys [...]. Je te conseille de te rafraîchir chez tes parents, de prendre du bouillon de veau et de la soupe aux herbes, de porter des gilets de flanelle, du coton dans les oreilles et de suer, tâche de suer pour chasser l'humeur, car tu m'as l'air *gros d'humeur*.

J'ai vu le jeune Paul Malleux, il est un peu trop Paul Malleux. Le genre dessous de pied lui va à merveille. Il devrait en mettre à sa boutonnière.

J'ai fait une pitoyable composition de discours français qui n'a son pendant que dans ma composition d'histoire. Au surplus, bran.

Adieu.

Écris-moi la longue lettre que tu m'avais promise. Pour moi je suis pressé par mes deux derniers devoirs de Magnier que je veux faire.

Embrasse pour moi toute ta famille.

Au proviseur du lycée Corneille

Monsieur le Proviseur,

On nous a dit que nous étions des enfants, que nous agissions en enfants ; nous allons essayer, par notre modération et notre loyauté, à vous convaincre du contraire.

Nous avons remis à M. le Censeur une lettre de tous les élèves qui ont refusé de faire le pensum. Sans avoir égard à cette liste, M. le Censeur s'est contenté de trois élèves qu'il ne menace de rien moins que d'une exclusion totale du collège, ce qui veut dire de briser leur avenir et de leur interdire à jamais la carrière qu'ils auraient pu embrasser. Il aurait peut-être été bien, avant de prendre une mesure aussi grave, aussi décisive, de peser dans une impartiale balance l'équité ou l'injustice d'un pensum qu'on vient aujourd'hui nous réclamer si impérieusement. Nous ne craignons pas de dire qu'un pareil examen eût incontestablement adouci la rigueur que M. le Censeur manifeste à notre égard. Quoi qu'il en soit, comme le pensum est un pensum général et, à ce titre, doit être supporté par toute la classe, par tous les élèves et non pas plutôt par Mallet, Guyot ou Delahaye, que par nous tous qui avons signé la liste dont M. le Censeur est en possession et que nous ne renions pas, nous signons ici de nouveau, en vous déclarant, Monsieur le Proviseur, d'abord, que nous sommes prêts à vous exposer les raisons qui nous font agir aujourd'hui et ensuite, si nonobstant ces raisons, on continue à décimer la classe, que nous réclamons, pour nous tous soussignés, le pensum, s'il y a pensum, l'exclusion, s'il y a exclusion, qu'on infligerait à quelques-uns d'entre nous séparément, ce qui alors ne serait plus un pensum général. Si l'on peut bien donner mille vers à toute la classe de philosophie, on peut bien aussi renvoyer toute la classe de philosophie.

Au reste, nous nous en rapportons en cela, Monsieur le Proviseur, à votre justice et à votre impartialité, qui, nous le savons, aime à s'exercer en faveur d'élèves qui le méritent, d'élèves de Philosophie qui n'agissent pas inconsidérément comme des enfants de sixième, mais qui ont réfléchi, profondément médité, avant de prendre une mesure qui leur paraît juste et qu'ils sont bien résolus à poursuivre jusqu'à la fin.

Voici les noms des élèves qui ont signé la liste que M. le Censeur a dans ses mains et qui vous assurent, Monsieur le Proviseur, de leur respect et de leur parfaite considération.

GUSTAVE FLAUBERT.

Hamard, A. Luce, Delporte, Baudin, Dumont, Bosquet, Boivin, Guesnier, Le Marié, Louis Bouilhet, Jore, Perré.

(*Correspondance*)

Gustave FLAUBERT

La *Correspondance* de Gustave Flaubert (1821-1880) est le pan le plus scandaleusement méconnu de son œuvre. Dans ses lettres, il laisse éclater des fureurs guère soupçonnables chez le très impassible auteur de *Madame Bovary*. Il faut dire que Flaubert, comme le montrent ses écrits de jeunesse, avait la fibre romantique et qu'il avait parfaitement conscience que le romantisme, pour lui, était un poison mortel, une paralysie à court terme de sa création. Sa *Correspondance* joua ainsi le rôle d'un formidable défouloir, un gueuloir où il pouvait cracher son dégoût des bourgeois de son temps et son ennui de vivre dans un monde d'où la poésie lui semblait interdite de séjour. Ce fut dès sa plus petite enfance qu'il se livra à ces exercices colériques dont le destinataire privilégié était son meilleur copain, Ernest Chevalier. L'école, en l'occurrence le lycée Corneille de Rouen, fut d'ailleurs pour lui un laboratoire idéal où il expérimenta *in vivo*, comme son père médecin le faisait à l'Hôtel-Dieu, l'universelle profondeur de la bêtise, qui allait devenir le thème central de son œuvre à venir. Signalons que nous reproduisons ici, sous la forme d'une pétition adressée à un Proviseur, ce qui est sans doute l'unique texte « engagé » de l'auteur. Il faut lui pardonner, il n'avait que dix-huit ans. Il fut quand même exclu du lycée. Ça lui apprendra : on ne plaisante pas avec ces choses-là.

Maxime DU CAMP

Une révolte

[Sans date]

Les dix années que je passai au collège furent dix années de luttes incessantes, et si je reviens fréquemment sur cette époque de ma vie, c'est qu'elle a eu sur mon caractère une influence déplorable. Elle a assombri mon humeur naturellement triste ; elle m'a dégoûté du travail en ne sachant pas le rendre attrayant ; elle m'a éloigné des hommes en me prouvant que les enfants étaient légers, menteurs, lâches et méchants.

Parmi les gens qui cultivent assidûment la Flore des idées reçues, les années du collège représentent « le plus beau temps de la vie ». J'ai souffert, j'ai été souvent malheureux, mais je déclare que jamais je n'ai regretté ces jours écoulés sans liberté, sans famille, sans tendresse, loin de tout ce qui vous aime et sous une règle uniforme régissant à la fois cinq cents caractères différents. Jamais je n'ai regretté les couloirs humides, les dortoirs glacés, les salles fétides, le réfectoire infect, les escaliers usés où brûle un quinquet fumeux ; jamais je n'ai regretté les classes sans fin, les courtes récréations, ni même les promenades aux Champs-Élysées, d'où l'on revient si triste, parce qu'on a vu des femmes dont l'image vous poursuit pendant les longues soirées d'hiver ; non, je n'ai jamais regretté rien de tout cela, et je comprends la haine des écoliers pour ces prisons dans lesquelles on enferme leur enfance sous prétexte d'instruction, car cette haine je l'ai ressentie.

J'étais en opposition constante avec tous les règlements. Révolutionnaire fougueux, comme on dit dans les assemblées parlementaires, je ne rêvais que résistance, émeute, révolte, affranchissement et représailles ; j'avais des spasmes de joie et des vertiges d'espérance en pensant qu'un jour peut-être le collège pourrait brûler ; je ne me sentais ni pitié ni merci pour ces hommes que j'accusais de torturer ma jeunesse. Grave et sérieux par tempérament, je ne cherchais pas de distraction dans ces jeux qui amusaient mes camarades, je vivais presque solitaire, jetant ma pensée par-dessus les murailles, bien loin, dans les espaces où j'aurais voulu me perdre en liberté.

Un des rares élèves avec qui je fréquentais assidûment avait autrefois habité la Corse, et me parlait souvent des brigands qu'il me disait avoir connus. Comme moi, il s'ennuyait et ne désirait rien tant que de retourner à Sartène. L'imagination des enfants s'empare vite de toute proie, et la nôtre n'était pas embarrassée pour traverser la Méditerranée et galoper parmi les broussailles et les montagnes. Nous voulions aux vacances prochaines, nous sauver ensemble, gagner la Corse, nous faire bandits et vivre dans les maquis à chasser le mouflon et le gendarme. Autrefois déjà j'avais voulu rester dans une ferme appartenant à ma mère, afin de garder les moutons, de battre en grange, de serrer les foins, de vanner les blés et de vivre sous le soleil. Ce qui me dévorait, c'était un besoin immodéré d'indépendance.

À ces idées, qui me disposaient déjà fort peu à faire de bonnes études, se joignait une attraction puissante vers les choses littéraires. J'introduisais au collège et je lisais avec avidité tous les drames, tous les romans, tous les poèmes qui paraissaient ; la petite pension que me faisait mon conseil de famille s'en allait à l'étalage des libraires, et ma curiosité n'était jamais satisfaite. J'écrivis moi-même, et avec quelle fièvre, grand Dieu ! Un drame me demandait un jour, un roman une semaine, un poème un mois ; tous mes héros étaient des monstres, la scène se passait invariablement au moyen âge, et il était rare que mes dénouements ne fussent pas fantastiques.

On m'avait retiré de mon premier collège parce qu'un jour j'avais été frappé jusqu'au sang par un *pion*, et j'étais entré dans un autre, où je ne me sentais ni moins bien ni plus mal. J'ai quitté celui-là dans des circonstances assez singulières pour être racontées, car ce fut là que, pour la première fois, l'idée me vint de recourir au suicide afin d'échapper à la vie. J'avais quinze ans et demi ; c'était dans les premiers jours de décembre 1838.

Parmi les professeurs chargés d'instruire les enfants, le plus haï, le plus tourmenté est toujours le professeur de mathématiques. En effet, le professeur de latin, qui est en relations journalières avec ses élèves, finit, sinon par les intéresser, au moins par les dominer ; il s'impose, il se fait craindre, on s'accoutume à le voir sans cesse et on le respecte. Le professeur d'histoire peut facilement donner un certain charme à son cours, et la nécessité d'écrire presque constamment sous sa dictée calme les velléités de turbulence. Mais pour le professeur de mathématiques, il n'en est point ainsi. Les jeunes gens qui se destinent aux écoles spéciales suivent un enseignement fait pour eux, et il ne reste dans les classes ordinaires que les élèves qui font leurs humanités. Lorsque le professeur de mathématiques a affaire à eux, une fois par semaine, il arrive non seulement comme un inconnu, mais encore comme un ennemi, surtout s'il exige que l'on travaille. Les classes de mathématiques sont généralement regardées par les enfants comme des instants de liberté pendant lesquels chacun peut se livrer aux occupations défendues qu'il affectionne. Un professeur a beau s'évertuer au tableau, il est rare qu'il soit écouté, et de ses démonstrations on ne retient guère que ce mauvais quatrain mnémotechnique :

Le carré de l'hypoténuse
Est égal, si je ne m'abuse,
À la somme des deux carrés
Faits sur les deux autres côtés.

Cette année-là, notre maître de géométrie était sévère ; il punissait impitoyablement ceux qui ne donnaient pas attention à ses leçons ; les retenues, les pensums tombaient dru comme grêle ; c'était là un crime dont il fallait le punir, et il fut convenu qu'on le ferait *sauter*. C'était un homme grisonnant, sanguin, apoplectique, violent et spirituel.

Au jour indiqué, chacun prit une figure de componction pour entrer en classe, chacun gagna sa place en silence, et, dans un recueillement profond, chacun attendit l'instant de commencer.

Ce fut une tempête qui éclata tout à coup ! Piaulements, hurlements, bêlements, crécelles et sifflets, gloussements, hennissements, coassements, sonnettes et grelots, bruits de tout genre, chants de toute nature, cris de toute sorte s'élancèrent à la fois dans une inexprimable rumeur. Le professeur fit un bond et voulut parler ; sa voix disparut au milieu du vacarme comme une barque engloutie dans l'Océan. Il était fou de rage, il écumait, il trépignait ; un jet de sang chassé par la fureur lui empourpra les joues, il eut peur d'étouffer sans doute, car il arracha sa cravate. Les vociférations redoublèrent et l'on cria : Bis ! bis ! Ses yeux flamboyants roulaient dans leur orbite et tremblotaient comme pris de vertige sans pouvoir se fixer sur personne. Il s'était levé dans sa chaire ; debout, les poings crispés, les lèvres blanches, il bégayait des paroles que notre tumulte emportait. Un ou deux encriers, cette arme naturelle des écoliers, avaient déjà frappé la muraille auprès de lui ; l'agression devenait directe ; quelques cris : Par la fenêtre ! par la fenêtre ! se faisaient déjà entendre, lorsqu'un œuf vigoureusement lancé s'écrasa au milieu du visage de ce malheureux ; il resta impassible, devint très pâle et laissant tomber sa tête sur sa poitrine, il se mit à pleurer.

Les enfants sont meilleurs qu'ils ne le paraissent ; la douleur de cet homme nous fit honte, et le bruit s'abaissa peu à peu jusqu'à ne plus être qu'un murmure confus. Rendu à sa colère par cette apparence de soumission, le professeur s'écria :

— Je vous traiterai comme des nègres...

Nous n'en entendîmes pas davantage, et le brouhaha recommença plus violent et plus étourdissant. Tout à coup, la porte s'ouvrit et le censeur parut. La rumeur s'abattit comme par enchantement ; il se fit un grand silence. Le professeur essuyait en tremblant son visage souillé ; le censeur nous regardait avec des yeux terribles ; six garçons de salle se tenaient derrière lui.

— Tout le monde debout ! dit le censeur.

Chacun se leva, croisa ses bras et se tint immobile.

— Nous ferons un exemple dont on se souviendra, reprit le censeur ; quels sont les plus coupables ?

— Tout le monde, s'écria le professeur, en faisant de la main un geste circulaire qui nous désignait tous.

— La classe entière sera privée de sortie pendant deux mois, dit le censeur, dont la voix chevrotante indiquait l'émotion ; mais enfin soixante élèves n'entrent pas ainsi en attaque d'épilepsie sans qu'il y ait une cause. Il y a un complot, je le sais ; quels sont les meneurs ?

— Le troisième banc s'est signalé par ses vociférations, répondit le malheureux mathématicien.

— Que tous les élèves du troisième banc descendent, continua le censeur, on va les conduire aux arrêts. Je faisais partie de ce troisième banc qui s'était effectivement distingué par des hurlements de cannibale. Nous descendîmes au nombre de neuf ; les six garçons de salle flanquèrent notre petite troupe sur les côtés, le censeur se mit à l'arrière-garde, nous sortîmes de la classe en murmurant comme toujours : « C'est une injustice ! » Nous traversâmes la cour, nous montâmes sept étages, on ouvrit devant nous une porte garnie de gros verrous et l'on nous poussa chacun dans une cellule séparée. C'était un vendredi ; il était trois heures.

Pour l'intelligence de ce qui va suivre, il convient de placer ici une courte description de ce que l'on nommait alors les *arrêts*.

Une grande salle avait été coupée dans le sens de la longueur par une muraille ; une des moitiés formait une façon de couloir où se tenait le pion chargé de surveiller les condamnés ; l'autre moitié, divisée par des refends, avait été morcelée en cellules fermées par des portes en chêne dans lesquelles s'ouvrait un guichet qui permettait au gardien d'examiner à sa fantaisie la conduite et le travail des élèves. Une planche appuyée à la muraille formait table et traversait tous les cabanons ; une rondelle de bois fixée sur une barre de fer immobile servait de tabouret ; un Christ étirait ses maigres bras sur une croix attachée à la muraille ; le jour venait d'en haut par un vitrage d'atelier. Ces arrêts étaient de construction récente, les murs encore tendres suaient l'humidité ; il faisait très froid.

Dès que je fus enfermé, mon premier soin fut d'examiner ma prison, afin de reconnaître les moyens qu'elle pouvait m'offrir d'échapper à l'ennui. J'eus bien vite reconnu qu'une fente très mince existait dans chacune des murailles latérales, à l'endroit même où la planche qui représentait la table y pénétrait pour aller faire le même office dans les cellules prochaines ; de sorte qu'en donnant à un papier une forme allongée, étroite et aplatie, on pouvait, en le faisant glisser à travers cette fissure, communiquer avec ses voisins. Au bout de dix minutes, par ce moyen, nous étions en correspondance les uns avec les autres.

Ce soir-là, à huit heures et demie, on nous fit sortir et nous gagnâmes le dortoir.

Le lendemain, samedi, à cinq heures et demie, nous fûmes appelés et reconduits dans nos cellules ; il est inutile de dire que nous étions au pain et à l'eau ; nous avions dix-huit cents vers de Virgile à copier dans notre journée ; besogne abrutissante et bête qui n'apprend rien, ne laisse rien dans le cerveau et qu'on s'accoutume vite à faire machinalement tout en causant avec ses propres idées. Comme la veille, on nous garda jusqu'à huit heures et demie du soir.

Le dimanche, il en fut encore de même ; mais nous supportions gaiement notre captivité ; dès que notre *pensum* était fini, nous nous livrions à cette petite correspondance dont j'avais trouvé le facile secret ; et puis nous pensions que deux jours et demi de cachot étaient une expiation suffisante pour une faute que nous avions commise en compagnie de tant d'autres ; nous venions de finir la semaine en prison, nous recommencerions l'autre en liberté, du moins chacun le croyait ; mais chacun se trompait car le lundi, comme, à cinq heures un quart du matin, nous entrions à l'étude, la voix du garçon, que nous honorions du titre de geôlier, nous appela.

Notre stupéfaction fut grande, on se sentait indigné ; un éclair de colère passa dans tous les yeux. Néanmoins chacun prit son carton et sortit. Dès que nous fûmes réunis dans un de ces larges corridors que la pâle lueur des quinquets accrochés aux murs laissait dans une demi-obscurité, ce fut un concert de malédictions qui éclata à voix basse :

— C'est une injustice !

— C'est une infamie !

— Je vais écrire à mon père, je ne veux plus rester ici, j'aime mieux être mousse.

— Et puis, on gèle là-haut ; sous les toits au mois de décembre et pas de feu !

— C'est dégoûtant ! nous n'avons rien fait de plus que les autres !

Quant à moi, je marchais en tête, j'écoutais et je ne disais rien ; une colère enragée me mordait le cœur.

— Que penses-tu de cela, Jean-Marc ? me dit un de mes camarades.

— Je dis que vous êtes des lâches, si vous supportez cela ; je dis que j'en ai assez, je dis qu'il faut nous sauver coûte que coûte.

— Soit, mais comment faire ?

— Le guichet de nos portes est large pour donner passage à notre bras, notre bras est assez long pour atteindre le loquet et l'ouvrir ; nous sommes neuf, nous nous jetterons sur le pion, nous l'attacherons, nous le bâillonnerons, nous le tuerons s'il le faut ; nous sortirons des arrêts, et puis ensuite à la grâce de Dieu !

— À quelle heure ?

— Montons, entrons dans nos cellules ! Là, nous nous ferons passer des billets pour convenir de tout. Êtes-vous bien décidés ?

— Oui, oui !

— Eh bien fiez-vous à moi, et vive la liberté !

Fiesque ne sentit jamais l'orgueil de conspirateur qui m'enivra en ce moment. Chaque élève m'avait serré la main en silence. Je réponds d'eux, me disais-je, car je suis leur chef : du courage, de la prudence, et mourons plutôt que de renoncer à notre projet !

Dès que je fus enfermé dans mon cabanon, je me mis à ruminer mon plan, à peser toutes les éventualités et à raisonner l'action que j'allais commettre et dont j'appréciais les difficultés.

Il s'agissait en effet : 1° d'ouvrir la porte ; 2° de s'emparer du pion ; 3° d'aller prendre des chapeaux au dortoir, afin de pouvoir sortir dans la rue ; 4° de descendre sept étages sans rencontrer personne ; 5° de tromper la surveillance du concierge principal, ou de s'en rendre maître ; enfin de s'échapper du collège.

Nous étions neuf, c'était assez pour paralyser le pion, c'était trop pour ne pas éveiller l'attention dans les escaliers. Je comptais bien, il est vrai, sur quelques défections, et je ne puis m'empêcher de sourire, à cette heure, en me rappelant avec quel sérieux je me disais : « Hélas ! je connais les hommes ! » Je les connaissais encore mal, comme on le verra tout à l'heure.

Je brisai un crayon dans la charnière du guichet, afin qu'il fût impossible de le fermer extérieurement, et je me mis immédiatement en communication avec mes codétenus.

Chacun me fit parvenir son plan particulier ; on était assez généralement disposé à choisir midi pour l'heure de notre fuite, parce que à ce moment tous les habitants du collège, élèves, garçons et maîtres d'étude, sont occupés au dîner.

Il était à peu près sept heures et demie du matin ; en pensant aux chances bonnes ou mauvaises qui pouvaient nous accueillir, je fis cette observation qu'il ne fallait pas laisser à mes camarades trop de temps pour réfléchir ; maintenant, leur résolution était prête à la bataille, il était nécessaire d'en profiter, et je ne devais pas la laisser se refroidir et avorter honteusement ; je pris donc un dernier parti et j'écrivis une note à peu près ainsi conçue :

« C'est au plus tôt qu'il faut agir. À huit heures un quart nous partirons. À ce moment, les élèves sont en classe, les maîtres d'étude sont absents, les garçons balayent les quartiers. À l'avant-quart, que chacun se prépare donc. Les portes seront ouvertes, ainsi qu'il a été convenu. Comme il est indispensable de savoir sur qui l'on peut compter tous ceux qui veulent sérieusement se sauver signeront ce papier, qui me sera renvoyé. »

Je fis passer cette note à mon voisin ; elle fit le tour des cabanons en glissant à travers la muraille, et elle me revint couverte de la signature de tous les prisonniers.

Il me restait encore environ une demi-heure avant le moment définitivement fixé pour l'action ; j'écrivis à une vieille tante, que mes escapades désolaient souvent et qui me faisait sortir quand par hasard je n'étais pas en retenue. Je lui expliquai les motifs qui me déterminaient, tout en la priant de me pardonner la peine que j'allais lui causer. Je lui disais que ma résolution était inébranlable et que je me rendrais chez elle dès que j'aurais mis à l'abri de toute recherche mes camarades auxquels je me devais exclusivement, puisque j'étais leur chef. Je terminai par cette phrase qui se ressentait peut-être trop du cours d'histoire romaine que je suivais alors :

« Quand une tyrannie violente pèse sur un homme, il a le droit de s'y soustraire par tous les moyens possibles. »

Lorsque cette lettre fut écrite, je la pliai et la serrai dans ma poche, afin de la jeter à la poste dès que je serais dehors ; puis j'attendis. Le temps me paraissait long et les battements de mon cœur sonnaient haut dans ma poitrine.

C'était le premier événement sérieux que j'avais à accomplir, et, malgré mes quinze ans, je comprenais que l'acte le plus grave de la vie est la conquête de la liberté. J'étais anxieux et plein de tristesse.

Le temps marchait lentement ; les minutes me semblaient des siècles ; j'aurais eu besoin d'aller tête nue, dans le vent, au galop de quelque cheval emporté, et je tournais sur moi-même enfermé dans un trou de deux pieds carrés. Obéissant à cette exaltation qui pousse si souvent au ridicule les gens plus froids, je pris un crayon et j'écrivis sur la porte de ma cellule :

Lasciate ogni speranza...

On peut rire, et je le comprendrai ; mais que l'on se rappelle mon âge, que depuis six années je me désolais au collège, que je rêvais mon indépendance avec frénésie, et que la résolution en face de laquelle je me trouvais prenait à mes yeux des proportions gigantesques. Tout n'est-il pas relatif ? Le prisonnier d'État se sauve de la Bastille, je me sauvais du collège ; à l'âge près, n'était-ce pas la même chose ?

Enfin, huit heures sonnèrent à l'horloge. J'entendis la Sorbonne et le Val-de-Grâce qui répétaient lentement ces huit coups qui m'avaient semblé ne devoir jamais tinter. Une angoisse profonde me serrait la gorge. Mes artères battaient violemment, mes paupières étaient lourdes, une insupportable chaleur brûlait mes mains desséchées, une émotion puissante me contractait le diaphragme, et, comme disent les malades, je ne pouvais rattraper ma respiration.

Jamais dans ma vie je n'ai retrouvé un moment semblable ; j'ai eu des duels ; je me suis vu attaquant une barricade et disparaissant au milieu d'un tourbillon de fumée ; j'ai vu un père entrer l'épée à la main dans la chambre où je tenais sa fille éperdue sur ma poitrine ; dans les montagnes de Saint-Saba, j'ai fui devant une tribu qui me poursuivait à coups de fusil ; à Éphèse, un jour d'orage, je suis tombé frappé par la foudre ; au milieu de la nuit, pris dans mon sommeil, je me suis sauvé à la nage à travers les eaux glaciales d'une inondation qui emportait les cadavres, les charrues, les bestiaux et les maisons ; j'ai vu des spectacles terribles et d'épouvantables catastrophes, mais jamais, jamais je n'ai ressenti une anxiété aussi dévorante.

L'avant-quart sonna. Le bruit sec et grêle de la cloche retentit dans mon cœur comme un coup de canon. Je me levai, je tâtai prudemment le volet du guichet pour m'assurer que le verrou ne le fermait pas et je toussai pour avertir mes camarades que j'étais prêt. Le sang me sifflait aux oreilles.

Le quart sonna enfin ; je poussai le guichet avec violence, mon bras passa, ma main saisit le loquet, ma porte s'ouvrit. À ce moment, j'entendis un cri de douleur. Je m'élançai dans le couloir, je m'y trouvai seul, toutes les portes demeuraient closes. Je sentis mon cœur défaillir. Je regardai le pion ; il était pâle et appuyait violemment sa main sur un guichet à demi ouvert d'où sortait un doigt ensanglanté.

Deux voix m'appelèrent.

— Jean-Marc, ouvre-moi, disait l'une ; le judas était fermé !

— Jean-Marc, criait l'autre, tue-le si tu peux ; il me brise le doigt !

Je compris que si j'hésitais j'étais perdu. Je marchai vers le pion. Appuyé contre la muraille, ramassé comme un chat, je guettais tous ses mouvements afin de les prévenir.

— Je vous ordonne de rentrer dans votre cellule, me dit-il d'une voix presque tremblante.

— Jamais ! m'écriai-je, j'aime mieux mourir !

Il s'avança vers moi ; je reculai lentement. Évidemment il n'osait se déterminer à employer la force.

— Je vous en supplie, rentrez, dit-il encore, et je vous promets de ne pas instruire le proviseur de votre conduite.

— Ah ! vous *cagnez*, répondis-je en employant un terme écolier.

— Je saurai bien vous y contraindre, brigand que vous êtes !

Il fit un mouvement et se trouva vis-à-vis de ma porte ouverte, à laquelle il tournait le dos. C'est là que je l'attendais. Je me lançai sur lui, tête baissée, et je l'envoyai rouler au fond de mon cachot ; puis je fermai la porte et j'allai tirer les verrous de tous les cabanons.

Trois élèves seulement sortirent, les cinq autres refusèrent.

Nous tînmes un conciliabule rapide.

— Sortons vite.

— Il nous faut des chapeaux !

— Avez-vous de l'argent ?

— Oui ! – Non !

— Attendez-moi ici, leur dis-je ; n'ouvrez à personne qu'à moi ; je frapperai trois coups. Je vais au vestiaire du dortoir et je tâcherai de prendre des chapeaux. Que chacun des élèves qui restent vous remette son argent ; si quelqu'un résiste, usez de violence s'il le faut.

Avant de m'éloigner, je ne pus résister au désir de *faire une charge* au pion ; j'ouvris le guichet et lui dis :

— Vous pouvez continuer mon pensum, si vous voulez.

Il ne répondit pas. Je le regardai. Assis, il serrait son bras gauche contre sa poitrine. Il se leva, son bras retomba inerte et droit le long de son corps.

— Vous m'avez cassé le bras, Monsieur, me dit-il avec assez de calme.

Une sueur froide m'inonda le visage. Ce malheureux disait vrai ; en tombant sur la table, fixée dans la muraille, il s'était brisé l'humérus.

— Tant mieux ! s'écria celui qui avait le doigt écrasé. Jean-Marc, dépêche-toi !

Je partis, je descendis les escaliers, je courus dans les corridors, j'entrai dans notre vestiaire. Le garçon n'y était pas. J'empoignai quatre chapeaux au hasard et, dans ma case, une redingote que je mettais par-dessus mon uniforme pour aller en promenade pendant l'hiver.

— Hélas ! pensais-je, j'ai cassé le bras à ce pauvre homme ; je suis presque un meurtrier.

J'arrivai à la porte des arrêts ; je frappai trois coups ; on vint m'ouvrir et je reculai épouvanté, c'était un garçon de salle.

Et quel garçon ! notre terreur à tous. C'est lui qui se chargeait des missions difficiles : de conduire les élèves au cachot, de les traîner en retenue quand ils refusaient de s'y rendre, et d'aller, moyennant deux sous, chercher nos balles sur le toit lorsqu'elles y restaient. Hérissé d'une chevelure moutonneuse et crépue, son visage était animé de deux yeux presque toujours hagards, traversé par un nez démesuré coupé en deux par une cicatrice, et encadré d'une paire de favoris épais et crasseux. Il avait un nom ridicule, il s'appelait Borniche, et comme il mangeait avec une gloutonnerie de bête, les élèves l'avaient surnommé *Pue-Ventre !*

Ce fut ce monstre qui me reçut. Il me prit le bras, et sans dire un mot me conduisit dans ma cellule, dont il referma avec soin porte et guichet. En passant, j'avais vu le pion assis à sa table et tous les cabanons clos au verrou.

J'étais anéanti. J'entendis le malheureux surveillant dire :

— Borniche, allez prévenir le proviseur.

Borniche sortit. Je n'avais plus aucun ménagement à garder, je voulus savoir la vérité sur cet événement que je ne comprenais pas, et à haute voix j'interrogeai mon voisin ; nous l'appelions Stéphen, et tout à l'heure je dirai pourquoi. Voici ce qu'il me répondit :

— Quand tu as été parti, le pion nous a fait des observations du fond de sa cellule ; nous l'avons envoyé promener, à l'exception de Gastaldy (un des trois élèves sortis sur mon invitation), qui est rentré de bonne grâce, parce qu'il a peur de son père. Puis la porte s'est ouverte et Borniche est entré apportant le déjeuner du pion ; quand il nous a vus dehors, il nous a enfermés de nouveau et a délivré le maître d'étude ; puis on a attendu ton retour.

Je répondis par un épouvantable juron.

— Tout cela vous coûtera cher, s'écria le pauvre pion qui geignait à chaque mouvement.

Au bout de quelques minutes d'une attente pleine d'angoisses, Borniche revint.

— On demande ces trois messieurs chez le proviseur.

On ouvrit nos cellules et nous sortîmes ; j'avais passé ma redingote et mis mon chapeau. Le pion, soutenant son bras, et Borniche se placèrent derrière nous, et nous nous mîmes en marche. J'étais entre mes deux camarades.

— Que faire ? me dit Stéphen, on va nous ramener à nos familles.

— Tout plutôt que cela, lui répondis-je à voix basse ; il y a peut-être encore de l'espoir.

— Comment cela ? que faire ?

— Je ne sais trop encore ; allons lentement, laissez-moi réfléchir, et faites tous deux ce que vous me verrez faire.

Nous descendions les escaliers avec une lenteur outrée.

— Marchez plus vite, dit le pion.

— Je ne peux pas, répondit impudemment Stéphen, ma main me fait mal.

Pendant ce temps, je combinai un nouveau plan dont la réussite allait dépendre de notre agilité.

Pour nous rendre chez le proviseur, nous devions traverser une cour étroite assez obscure qui avait deux issues s'ouvrant toutes deux sur la salle où séjournait le portier : l'une à droite donnant en face de l'escalier qui conduisait au cabinet du proviseur, l'autre à gauche faisant vis-à-vis aux couloirs de la cuisine et touchant presque à la petite porte de sortie. Il s'agissait de prendre ce chemin, qui nous détournait un peu de notre véritable direction.

— Attention ! dis-je à Stéphen, lorsque je mis le pied dans la cour ; imitez-moi, ou nous sommes perdus.

Je pris deux ou trois pas d'avance en marchant à gauche. Le pion ahuri nous suivit sans observation, le garçon en fit autant.

Comme j'allais franchir les deux degrés de la salle qui servait de loge, j'aperçus le concierge, un homme athlétique, appuyé contre la porte. Par bonheur, il n'y touchait que par le dos, et son corps faisait angle droit avec cette porte qui ne fermait qu'au loquet. Il avait les bras croisés sur sa poitrine et nous regardait d'un air goguenard.

Je n'hésitai pas ; d'un coup de pied violent donné dans ses talons, je le fis glisser, il tomba ; j'ouvris la porte et je me sauvai ; Stéphen me suivit, notre troisième camarade tarda un peu, puis il arriva enfin ; mais son habit était devenu veste ; les deux pans mûris par de longs services étaient restés entre les mains de Borniche, qui avait voulu le retenir.

Nous montions la rue de la Harpe, lancés au galop de nos jeunes jambes ; on criait : Arrêtez ! arrêtez ! au voleur ! Des étudiants applaudissaient.

Sur la place Saint-Michel, Stéphen me cria : Prends un fiacre !

— C'est un retard, répondis-je sans ralentir ma course.

Nous allions vite ; nous aurions dépisté des chasseurs de chamois ; nous courûmes ainsi d'une haleine et comme un tourbillon jusque dans le Luxembourg, près de la grille de la rue Madame. Là, nous étions sauvés et loin de ceux qui suivaient nos traces.

Après nous être serré la main, sérieux et recueillis comme trois conspirateurs qui viennent de délivrer leur patrie, nous nous réunîmes en conseil. Stéphen avait un oncle qui voyageait alors en Italie. Le portier, qui connaissait le neveu de son locataire, n'hésiterait pas sans doute à lui remettre la clef de son appartement ; il fut donc décidé qu'on irait d'abord chez l'oncle Dimon, ainsi qu'on le nommait.

Stéphen, celui dont les doigts avaient été si vigoureusement pincés dans le guichet de sa cellule, devait son surnom à l'admiration qu'il professait pour le roman d'Alphonse Karr : *Sous les tilleuls*. C'était un garçon d'un blond douteux, hardi, entreprenant, impatient de toute domination, spirituel, grassouillet et par-dessus tout méridional. Il accomplissait avec nous sa troisième fuite du collège : déjà deux fois il s'était sauvé, et n'avait dû qu'à l'influence de son père haut administrateur en province, d'être réintégré parmi nous après une faute ordinairement punie de l'expulsion. C'est maintenant un des hommes du monde les plus charmants qu'il se puisse voir et qui a le courage de trouver la vie amusante.

Le second, beau garçon, brun, solide, intelligent, était né à Saint-Domingue. Affectant une certaine prétention de langage comme la plupart des créoles, il se livrait à une littérature violente ; il affectionnait les romans de marine, il composait des histoires plus sombres que la nuit, et des poèmes monosyllabiques plus ardents que l'enfer. Il regrettait, avec toutes sortes de malédictions, les pans de son habit, dont les poches contenaient ses poésies complètes. Il lisait assidûment les drames du boulevard ; plus ils se compliquaient d'intrigues incompréhensibles, plus il les aimait ; sa pièce d'affection était *Guillaume Colmann*, et comme il en parlait sans cesse, on l'appelait Colmann.

Nous arrivâmes bientôt rue de l'Odéon, à la maison où Stéphen nous conduisait. Ainsi que nous l'avions prévu, le portier nous livra la clef sans objection. Nous montâmes trois étages et nous entrâmes chez l'oncle Dimon. Une antichambre, un salon, une chambre à coucher : appartement de garçon.

Nous comptâmes d'abord notre argent, car il fallait vivre, même en état de liberté. Nos trois fortunes réunies formaient un triste total de trente-sept sous. Nous nous mîmes à rire, et je dis :

— J'ai sur moi une montre d'argent et quelques breloques en or, je les vendrai.

— Nous trouverons bien quelques pièces de cinq francs à emprunter à des amis, ajouta Stéphen.

Je jetai un regard dans l'appartement, mes yeux s'arrêtèrent sur une bibliothèque de cinq ou six cents volumes.

— Voilà de quoi vivre longtemps, m'écriai-je, nous vendrons les livres.

— Mon oncle Dimon ne sera pas content, objecta Stéphen.

— Qu'importe, répondit Colmann, puisqu'il est en Italie.

Il fut donc décidé que je me déferais, le premier jour, de ma montre, et qu'ensuite on vendrait les livres, puis les pendules, les meubles, etc., etc., jusqu'à ce que nous nous fussions arrangés avec un journal pour publier nos romans, et avec un théâtre pour faire jouer nos drames. À quinze ans on ne doute de rien.

Il fallut ensuite nous habiller, car nos uniformes de collégiens nous auraient promptement dénoncés à la police, qui devait déjà être prévenue de notre évasion. Stéphen avait en dépôt chez son oncle une malle d'effets bourgeois ; malheureusement ce n'était que des vêtements d'été et nous étions en décembre ; cela importait peu. Il entra courageusement dans un pantalon gris et dans une maigre redingote en mérinos. Colmann découvrit quelque part un vieux paletot à l'oncle Dimon, il s'en empara et se coiffa d'une casquette dont les mites avaient fait une écumoire.

Quant à moi, mon pardessus en drap et mon chapeau me rendaient à peu près convenable. En furetant de tous côtés, j'avisai une paire de lunettes bleues que je campai sur mon nez afin de déguiser mon visage, et je m'armai d'une canne à épée que je trouvai dans un coin, très décidé à m'en servir pour ma défense personnelle si quelqu'un tâchait de m'arrêter.

Ainsi accoutrés, nous sortîmes en ayant l'imprudence de dire au concierge que nous reviendrions le soir.

Nous fîmes deux ou trois courses infructueuses pour trouver de l'argent. Rue Saint-Denis, je vendis ma montre et les objets en or qui l'accompagnaient pour dix-sept francs : cela nous parut une fortune *incalcuttable*, comme dit Balzac ; nous ne pouvions croire à notre bonheur. J'allai voir une vieille femme très liée avec une bonne qui m'avait élevé, elle me prêta encore dix francs ; nous étions riches ; vingt-huit francs quatre-vingt-cinq centimes ; un verre de Potose qui nous tournait la tête !

— Ah ! dit Stéphen avec un gros soupir, si j'avais pu prévoir cela, j'aurais apporté ma montre en or qui est en Provence ; en la vendant, nous aurions peut-être pu passer en Angleterre.

— On nous aurait refusé des passeports, dis-je pour le consoler.

— C'est vrai, ajouta-t-il.

Notre première dépense fut pour acheter des cigares, dont nous ne pûmes guère fumer que la moitié.

Notre liberté nous embarrassait, nous ne savions qu'en faire ; nous marchions au hasard par les rues et sur les boulevards, regardant les boutiques, lisant les affiches, nous arrêtant à tout ce qui pouvait un instant tromper l'inquiétude, qui, malgré nos efforts, remuait au fond de nos cœurs. Il fallait que nous fussions bien cruellement désœuvrés, car nous allâmes visiter la Bourse dont nous admirâmes les grisailles.

En passant rue des Petits-Champs, où nous étions restés longtemps à regarder les tableaux exposés chez Durand Ruel, nous fûmes éclaboussés par un cabriolet d'où sortait une tête effarée et cette tête était celle du censeur ; nous nous jetâmes sous une porte cochère ; cette rencontre nous troubla ; il était évident qu'on nous recherchait et qu'on essayerait par tous les moyens de reprendre possession de nos jeunes indépendances.

Sous les arcades Castiglione, nous eûmes une idée tellement incroyable que j'ose à peine la raconter. Nous savions qu'Alexandre Dumas demeurait, à cette époque, rue de Rivoli, 26, et nous décidâmes à l'unanimité qu'on irait lui faire une visite : 1° pour lui porter les témoignages de notre sympathie ; 2° pour lui présenter trois auteurs en herbe, mais pleins d'avenir ; 3° pour lui expliquer notre position et réclamer son appui auprès du gouvernement ; 4° pour lui emprunter de l'argent, car nous éprouvions quelque honte à dévaliser l'oncle Dimon.

— Et en effet, disait Colmann, ne sommes-nous pas des littérateurs enthousiastes de romantisme ; ne fuyons-nous pas un joug que nous mordions en frémissant de rage, comme disent les perruques de l'Institut ? Que réclamons-nous ? notre droit au soleil et un public que nous puissions émouvoir aux cris de notre cœur ulcéré par la douleur...

— Et l'amour, ajouta Stéphen qui avait une grosse passion en tête.

— Et l'amour, reprit Colmann ; nous raconterons à Alexandre Dumas nos projets et nos rêves ; il nous accueillera bien ; peut-être nous fera-t-il recevoir nos pièces dans un théâtre ? peut-être nous trouvera-t-il un éditeur ?

La conversation dura sur ce ton pendant quelque temps, et lorsque nous arrivâmes rue de Rivoli, nous étions résolus à mettre l'illustre auteur de la *Tour de Nesle* au courant de nos œuvres. Colmann devait expliquer le sujet d'un drame qu'il méditait, Stéphen lire quelques pages d'un roman intime, et moi réciter plusieurs strophes d'un poème fantastique qui m'occupait depuis huit jours.

Notre confiance dans la réception qui nous attendait s'ébranla quand nous montâmes l'escalier, car, par une précaution puérile et pourtant pleine d'orgueil, nous ouvrîmes nos redingotes, afin que la vue des boutons de collège qui ornaient nos gilets prouvât que nous étions des *honnêtes gens*.

Nous sonnâmes, un domestique ouvrit, prit nos noms, s'éloigna, revint et nous dit que M. Dumas ne pourrait nous recevoir que le soir à sept heures.

Il fut question, pour tuer le temps qui nous semblait long, d'aller voir le corps du maréchal Lobau, récemment passé de vie à trépas, et exposé au Louvre dans une chapelle ardente. Je ne me souviens pas de ce qui nous empêcha de réaliser ce projet.

— À quoi bon, s'écria tout à coup Colmann, perdre nos heures à la recherche des spectacles inutiles ? commençons dès aujourd'hui cette vie de travail et de méditation à laquelle nous devons désormais nous consacrer. Allons boire aux sources des maîtres.

— Allons grandir notre intelligence par l'étude des chefs-d'œuvre, dit Stéphen.

— Allons mûrir la pensée et féconder l'idée par la contemplation assidue de la forme, dis-je à mon tour.

Et comme nous nous promenions au Palais-Royal, nous entrâmes dans un cabinet de lecture.

La journée entière s'y passa, et s'y passa rapidement dans la lecture du *Roi s'amuse*, de *Lucrèce Borgia*, de Victor Hugo, et des *Souvenirs d'Antony*, d'Alexandre Dumas.

À cinq heures, la nuit était venue ; nous sortîmes, et après un modeste dîner dans un restaurant à quarante sous du passage Montesquieu, nous allâmes nous promener sur le boulevard. Il faisait froid et humide ; la tristesse nous gagnait malgré nous ; des voitures roulaient bruyamment sur la chaussée, et leur murmure était comme l'accompagnement des pensées douloureuses qui nous oppressaient. Nous parlions peu, de longs silences coupaient nos phrases, et lorsque nous ouvrions la bouche c'était pour nous communiquer des appréhensions pleines d'angoisses. La fièvre du matin était apaisée, il ne nous restait plus que la torpeur.

Je faisais de grands efforts pour ranimer la gaieté de mes camarades, mais j'y réussis mal, et je me souviens qu'en passant devant la rue de la Paix où habitait ma tante, un flot de larmes me monta jusqu'aux yeux ; je me détournai et remontai vivement les boulevards vers la rue Vivienne.

Notre spleen augmentait ; chacun de nous marchait à petits pas, les mains dans ses poches et la tête baissée ; il fallait en finir.

— Allons au spectacle, dis-je ; il sera temps de pleurer après.

Les affiches lues, discutées, commentées, on se rendit au théâtre du Palais-Royal ; en y arrivant, nous vîmes plusieurs sergents de ville auprès du péristyle ; nous nous imaginâmes qu'ils étaient là pour s'emparer de nous et nous glissâmes rapidement à travers les personnes qui prenaient des billets.

On donnait la *Pièce de vingt-quatre sous*, *Riquiqui* et *Les Coulisses*. Mme Leménil nous parut charmante et Mme Wilmen fort belle.

Pendant un des entractes, je sortis seul. J'avais soif et je voulais boire. Je n'osais pénétrer dans un café pour prendre une glace ou une limonade : dépositaire de la bourse commune, je craignais de dépenser trop d'argent.

J'enfonçai mon chapeau sur mes yeux et j'entrai dans un cabaret.

— Un verre de vin ! dis-je en rassurant ma voix.

— Un canon, voulez-vous dire ?

— Oui, un canon.

On me servit un verre de vin sur un grand comptoir en étain ; j'avais la bouche desséchée, je bus avec délice.

— Combien est-ce ? demandai-je.

La femme se mit à rire.

— Mais c'est deux sous, vous le savez bien.

Je donnai vite dix centimes et je me sauvai. J'avoue que cet acte si rapidement accompli m'a causé une de mes plus vives humiliations. Tout se révolta en moi, lorsque je me vis dans cette sale boutique qui puait et où buvaient des gens grossiers.

Quand le spectacle fut terminé, je dis à mes compagnons :

— Avez-vous envie de dormir ?

Ils répondirent négativement. Règle générale, un enfant répond toujours non à une question semblable.

— Eh bien ! repris-je, achetons du rhum, du sucre, des citrons et des bougies, nous passerons la nuit à boire du punch ; Stéphen nous racontera ses amours et nous en ferons un roman.

Le premier épicier venu nous permit de faire nos emplettes et nous prîmes notre route pour gagner la rue de l'Odéon, où nous devions coucher dans l'appartement de l'oncle Dimon.

Une mélancolie profonde nous enveloppait, nous étions tristes, tristes jusqu'à la mort ; nous ne pouvions dominer l'abattement qui nous déprimait. La comédie venait de finir et le drame allait bientôt commencer.

Arrivés au milieu du Pont-Neuf, nous nous assîmes sur le parapet. Cette action fut irréfléchie, mais au fond nous n'étions pas fâchés peut-être de retarder l'instant où nous serions livrés seuls à nos propres pensées.

De grands nuages sombres volaient dans la nuit obscure ; tout se taisait autour de nous, nous n'entendions que les pas réguliers de la sentinelle qui se promenait près de la statue de Henri IV ; le vent agitait les becs de gaz qui vacillaient devant l'hôtel de la Monnaie ; la Seine noire et rapide se brisait aux piliers du pont, coulait en se rayant de reflets de lumière et semblait nous appeler par son murmure monotone et plaintif.

Nous restâmes là longtemps sans parler, accablés, énervés, vaincus, absorbés peut-être dans le regret de notre action, effrayés de ses conséquences et désespérés de notre faiblesse.

Je ne sais lequel de nous rompit le silence, mais je sais qu'il dit :

— Pourquoi ne pas mourir ?

Cette question répondait si bien à nos pensées, que nous sentîmes une sollicitation terrible se dresser en nous. Nous nous levâmes simultanément et nous restâmes debout au pied de ce parapet sur lequel nous nous étions assis et que nous mettions maintenant comme une sorte de barrière entre nous et la tentation.

La consultation s'ouvrit ; elle fut grave, calme et sérieuse. Trois enfants, dont le plus âgé n'avait pas seize ans, discutèrent sur la vie et la mort, comme Socrate avec ses disciples avant de boire la ciguë. Cela fut solennel : chacun parlait à son tour. Pendant une heure on causa ainsi, et je dois le dire, si la Seine ne charria pas nos trois cadavres pendant cette nuit sans lune, c'est que nous sentîmes couler dans nos cœurs les larmes de ceux qui nous auraient pleurés.

On se dirigea lentement vers la maison ; deux heures du matin sonnaient à Saint-Germain-l'Auxerrois. Avant de mettre le pied dans la rue Dauphine, je m'arrêtai.

— J'ai peur, dis-je à mes compagnons ; passons la nuit à marcher dans Paris, mais ne rentrons pas chez l'oncle Dimon. Savons-nous si notre retraite n'a pas été découverte et si nous n'allons pas être arrêtés.

On me traita de visionnaire ; on me démontra que cela était impossible, et nous reprîmes notre chemin.

En arrivant à l'entrée de la rue de l'Odéon, voici ce que nous vîmes :

La rue éclairée par les candélabres et avec cet aspect pâle et nettoyé que la nuit donne aux rues de Paris ; puis sur chaque trottoir un groupe de cinq hommes qui se promenaient, en sens inverse l'un de l'autre.

Nous nous tînmes immobiles comme pétrifiés et regardant de tous nos yeux.

— Nous sommes perdus si nous avançons, dit Colmann.

— Non, répondit Stéphen, personne ne sait au collège que mon oncle demeure ici ; c'est quelque patrouille ; il n'y a pas de danger.

— Attendons, ajoutai-je à mon tour, nous allons voir si l'on vient de notre côté.

Les groupes continuaient paisiblement leur promenade sans faire attention à nous.

— Je savais bien que ces gens-là n'étaient pas là à notre intention, reprit Stéphen en faisant un pas.

— Nous avons tort, affirmait Colmann, inquiet et irrité ; que dis-tu de cela, Jean-Marc ?

— Je dis : À la grâce de Dieu ; marchons !

Nous avançâmes ; les hommes ne se dérangèrent pas ; dès que nous eûmes frappé à la porte, elle s'ouvrit. Le concierge était levé, et comme nous lui demandions de la lumière et la clef qu'il paraissait chercher, la porte cochère fut ébranlée par plusieurs coups de marteau.

— N'ouvrez pas ! n'ouvrez pas ! cria Colmann.

— C'est le locataire du second, répondit le concierge.

— Montez toujours, nous dit Stéphen, le portier va retrouver la clef et je vous rejoindrai.

Nous étions, Colmann et moi, au premier étage, quand nous entendîmes la porte se refermer ; puis aussitôt un cri de détresse vint jusqu'à nous avec la voix de Stéphen :

— Sauve qui peut, ce sont les argousins !

En deux secondes nous fûmes au cinquième étage. Une nuit profonde remplissait l'escalier ; nous tâtions les murailles pour chercher une issue. Rien, une porte fermée et une fenêtre ouverte sur la cour, à soixante pieds du sol.

Nous entendions les hommes qui montaient les degrés.

— Malheur au premier qui porte la main sur moi ! criai-je, en me plaçant debout, la canne à la main, sur la dernière marche.

Tout à coup, je fus aveuglé par une lumière éblouissante ; un homme venait de démasquer une lanterne sourde de dessous son manteau et en dirigeait la clarté sur mon visage. C'était un agent de police ; il accompagnait deux garçons de salle et le directeur des études. En me voyant chacun s'arrêta, et le directeur, un excellent homme, me dit :

— Voyons, Jean-Marc, pas de coups de tête. Nous sommes en nombre pour vous réduire. Cédez de bonne grâce et soyez convaincu qu'on vous traitera avec tous les égards possibles.

— Personne ne me touchera, ni ici, ni dans la rue, et demain on me conduira chez ma tante ? demandai-je en restant sur la défensive.

— Personne ne vous touchera, ni ici, ni dans la rue, je vous l'affirme sur l'honneur, répondit le directeur. Quant à vous conduire chez votre tante, c'est au proviseur seul qu'il appartient de le décider.

— Soit, Monsieur, je crois à votre parole, et c'est à vous que je me rends, dis-je, avec une fierté de capitaine vaincu.

— C'est bien, mon enfant, reprit le directeur, vous n'aurez pas à vous en repentir.

Je descendis ; le groupe d'hommes se sépara pour me laisser passer ; Colmann venait derrière moi ; on avait eu l'imprudence de me laisser la canne que je portais, et qui, comme je l'ai dit, contenait un poignard.

Quand j'arrivai à ce palier élevé de trois degrés de pierre par lequel débutent presque tous les escaliers des maisons de Paris, je vis le vestibule éclairé par des chandelles que le portier avait allumées en hâte. Stéphen se tenait dans un coin placé entre deux gardiens et me jeta un regard qui me troubla le cœur. Le proviseur, le censeur, deux maîtres d'études et deux garçons complétaient avec les quatre personnes qui nous ramenaient les dix hommes que nous avions vus se promener sur les trottoirs et qui avaient si justement effrayé Colmann.

Dès que le proviseur m'aperçut, il ne put réprimer un mouvement de joie ; il s'élança vers moi et me saisissant au collet :

— Ah ! vous voilà donc enfin, misérable évadé que vous êtes, s'écria-t-il.

Je me dégageai par un mouvement brusque, et avant que personne eût pensé à m'arrêter je levai ma canne et je l'abattis de toutes mes forces sur son visage.

Il poussa un cri en mettant la main sur ses yeux.

J'avais déjà fait un bond en arrière et j'étais acculé dans un angle de la muraille. On se précipita sur moi ; on voulut s'emparer de ma canne ; je me défendis ; on essaya de me l'arracher ; elle se sépara en deux, un bout demeura à mes adversaires et je restai avec un long et mince poignard à la main. Tout le monde recula.

— Laissez ce fou furieux, dit le censeur.

Je fis trois pas en avant, et, me posant comme il convient pour une action théâtrale dont on ne veut pas perdre l'effet, je jetai dédaigneusement mon arme aux pieds du proviseur, en disant :

— Arrêtez-moi, Messieurs, je ne veux pas aller en cour d'assises pour un drôle comme monsieur.

Je fus immédiatement saisi ; le proviseur triomphait et me criait dans l'oreille :

— Vous avez brisé le bras d'un maître d'étude, vous avez démis l'épaule d'un portier, il ne vous manque plus que de me tuer pour être tout à fait assassin ; mais soyez tranquille, vous commencez trop bien pour ne pas le devenir ; un jour vous périrez sur l'échafaud.

— Cela est possible, lui répondis-je ; mais je vous jure que vous ne m'y verrez pas monter !

Un garçon de salle me prit par le bras gauche, l'agent de police me serra la main droite en me tenant le pouce d'une façon particulière et qui me faisait grand mal. Ma colère se calmait peu à peu et je me disais : Que va-t-on faire de moi ? Dans mon oreille j'entendais une sorte de bourdonnement : c'était le garçon qui me racontait qu'autrefois, étant en garnison à Givet, il s'était sauvé, que pendant trois jours il avait « fait la noce », et que son colonel l'avait mis au cachot pour un mois ; puis il ajoutait que je ne devais pas m'inquiéter, « parce qu'il faut que jeunesse se passe », et encore « mauvaise tête et bon cœur ». Ce bavardage m'irritait plus que je ne saurais dire et ne cessa qu'au seuil du collège. J'entendis, comme un condamné à mort, se refermer la porte que j'avais si prestement ouverte le matin. Colmann fut dirigé sur le dortoir de son quartier, Stéphen aux arrêts, et moi, escorté du proviseur et toujours tenu par mes gardiens, je fus conduit à l'infirmerie. J'étais brisé par les émotions de cette journée, je m'endormis d'un sommeil frère de la mort, comme une bête fauve longtemps chassée par les chiens et qui trouve enfin un gîte.

À cinq heures, on m'éveilla et on me conduisit au cachot ; Colmann y arriva bientôt, Stéphen y avait passé la nuit. Je fus réintégré dans ma cellule. Les murs ruisselaient d'humidité ; la mèche du quinquet pétillait dans son verre terni, le ciel était tout noir à travers la fenêtre à tabatière, le Christ paraissait triste et râlant sur sa croix. J'éprouvai comme un vague sentiment de peur qui dura jusqu'au jour.

L'expérience de notre évasion avait déjà porté ses fruits, car on avait embarrassé le guichet de nos portes d'un croisillon de fer qui empêchait d'y passer le bras.

Dans la matinée, le censeur vint nous voir. Je lui dis très fermement que je voulais être mené chez ma tante et je lui demandai de quoi écrire.

On me remit des plumes taillées et deux feuilles de papier. J'adressai une lettre à ma tante, une autre au proviseur, ce qui me prit une des deux feuilles ; sur la seconde j'écrivis mes *impressions de cachot*. La mode était alors aux impressions de voyage.

Je tombai dans une sorte de somnolence pleine de rêves étranges ; je souffrais beaucoup, et vers le soir j'eus un crachement de sang. L'humidité des murailles me pénétrait ; notre nourriture se composait d'un morceau de pain et d'un verre d'eau ; dès que je m'endormais, des cauchemars me réveillaient ; j'étais réellement malade.

Je couchai aux arrêts mêmes, dans une cellule où l'on avait jeté un matelas, et je sanglotai longtemps, la tête perdue sous mon dur traversin. Pendant dix journées, dix longues journées, il en fut ainsi.

Chaque jour j'envoyais à ma tante des lettres qui restaient sans réponse, et chaque jour aussi j'écrivais mes impressions.

Je les ai là, maintenant, sous les yeux, ces pauvres feuilles de mauvais papier couvertes d'une encre jaunie à demi effacée ; j'y relis l'expression de mes tristesses, de mes angoisses, dans un singulier style, d'une orthographe souvent douteuse, et je retrouve la trace des larmes que je versais.

Ce silence obstiné de ma famille, dont je n'ai su la cause que plus tard, la solitude profonde et l'oisiveté absolue auxquelles j'étais condamné, les inquiétudes qui me dévoraient, mes accès de colère sourde qui se fondaient en pleurs, le froid, la mauvaise nourriture, le défaut même d'exercice qui avait fini par m'endolorir les genoux, au point que le soir j'avais peine à gagner mon lit, les regrets toujours présents de ma première enfance, les désirs de liberté qui criaient plus haut que jamais dans mon cœur, l'humiliation d'avoir si mal réussi dans mon évasion, l'ignorance où je me trouvais de l'avenir qu'on me préparait, tout m'accablait, me menaçait, me désespérait.

Ah ! comme j'aurais voulu être un de ces étudiants dont les chants montaient jusqu'à moi malgré le tumulte de la rue ! Quelle belle existence ils me semblaient avoir ! N'avaient-ils pas l'indépendance, la jeunesse, le droit de vivre à leur guise ! n'étaient-ils pas heureux, insouciants, aimés peut-être ! Le soir, n'emmenaient-ils pas leur maîtresse pour s'en aller dans les bals, ou dans les Prés-Saint-Gervais s'asseoir à l'ombre des grands arbres ! Ah ! que leur vie me paraissait enviable et magnifique ! – Hélas ! cette vie-là, dont tant d'autres se sont contentés, j'aurais pu la mener si j'avais voulu, mais dès que j'en eus approché, je m'en éloignai.

Le souvenir de ma mère me poursuivait sans cesse ; je me rappelais ce bon temps des vacances passé avec elle ; je la revoyais pâle et froide sur son lit. Ah ! comme elle m'eût arraché de là si elle eût encore vécu ! Un jour, un orgue de Barbarie passa en jouant un air qu'elle avait l'habitude de chanter au piano, je me frappai la tête contre la muraille, et je poussai de tels cris de douleur, que le pion effrayé envoya chercher le médecin. Le médecin déclara qu'il n'y comprenait rien.

Les idées les plus extravagantes travaillaient ma pauvre cervelle troublée, il en est une qui revenait souvent, c'était l'envie de me faire musulman, afin de fuir cette société que je jugeais méchante et impitoyable, car je me croyais abandonné par tous. Un de mes ouvrages favoris avait été l'*Histoire de la décadence de l'empire romain*, par Gibbon ; j'y avais lu tout l'épisode de Mahomet, pour lequel j'avais, dès cette époque, une admiration sans égale ; j'aurais voulu être un de ses ansariouns ; je rêvais les palais des *Mille et une nuits*, les villes aux coupoles d'or, les fleuves d'azur, les forêts d'émeraudes ; je voyais les longues caravanes passant silencieuses et graves à travers les sables du désert ; je galopais sur des chevaux plus ardents que le soleil, je maniais un cimeterre éclatant, et je me disais : Je serai, comme Kaled, le glaive de Dieu ! Cette idée s'empara de moi jusqu'à me pousser au blasphème, car levant un jour vers le crucifix de ma cellule un regard de colère :

— Je ne crois plus en toi, lui dis-je, car tu ne m'as pas sauvé !

Un garçon de salle me prêta un volume dépareillé de l'*Histoire des Naufrages*, c'était mon unique lecture ; je recommençais dès que j'avais fini. Ce même garçon m'apprit que Colmann était rentré au collège à la condition qu'il resterait une année sans sortir. Je savais Stéphen prisonnier au cachot, comme moi ; mais nous ne parlions jamais, on avait bouché avec du plâtre l'interstice par lequel nous faisions passer nos billets ; il n'y avait plus moyen de correspondre.

Ce fut là peut-être, dans cette cellule étroite et dure, aux prises avec les grossièretés malsonnantes d'un maître d'étude sans éducation, servi par des domestiques qu'une armée n'aurait pas voulu pour goujats, et qui se moquaient de moi ; ce fut là que je sentis déborder de moi un flot de mépris qui se déversa sur tout ce qui m'entourait. Les forces de la société me semblaient réunies pour écraser la faiblesse d'un enfant ; comme Jean-Jacques, j'ai crié : *Carnifex ! carnifex !* J'embrassais dans une haine égale tout ce qui faisait partie du collège, qui, pour moi, était l'univers : j'en voulais au proviseur de me retenir en prison ; j'en voulais au pion qui me surveillait ; j'en voulais à mes camarades de n'avoir pas fait une révolte et renversé les murs pour venir me délivrer ; je me disais : Ils ont regardé vers moi en criant : *Vae victis !* Eh bien ! je me passerai d'eux ; je déteste les uns, je méprise les autres, et j'irai seul, marchant dans ma solitude et ma fierté. Les dix jours que je passai là furent une *retraite* où mon cerveau reçut le germe de bien des pensées qui ont mûri plus tard et l'ont envahi de leurs broussailles. J'ai puisé là, pour la force brutale, une aversion qui ne s'est jamais affaiblie.

Un soir, un jeudi, au lieu de nous apporter pour souper le morceau de pain et le verre d'eau accoutumés, on nous donna du veau, de la salade et un verre d'abondance. Que se passe-t-il donc ? me demandai-je. J'appelai Stéphen, et je le questionnai ; il avait le même souper que moi.

— C'est le repas libre, m'écriai-je, demain ils vont nous livrer aux bêtes.

— Nous tomberons avec grâce, répondit Stéphen.

— En criant : Liberté ! repris-je avec enthousiasme.

— Et victimes de la tyrannie ! ajouta Stéphen.

On n'essaya même pas de nous faire taire.

Le lendemain, vers une heure, j'entendis des pas pesants venir dans le corridor et la voix de Borniche qui disait :

— On demande l'élève Jean-Marc chez le proviseur.

Dès que ma porte fut ouverte, je sortis.

— Est-ce qu'on vient me chercher enfin ? demandai-je à Borniche.

— Oui, répondit-il, dépêchez-vous.

Comme je m'éloignais, Stéphen me cria :

— Adieu ! adieu ! Jean-Marc, tu es bien heureux de t'en aller !

Il faisait un beau temps d'hiver, de petites nuées couraient dans le ciel bleu. La lumière et le soleil m'éblouirent, je respirai une bonne bouffée d'air en passant dans la cour ; je sentis mon cœur défaillir.

J'entrai chez le proviseur ; j'étais déjà tellement habitué aux murailles nues et tristes de mon cachot, que l'appartement me sembla meublé avec somptuosité. Trois personnes l'occupaient : le proviseur, un de mes parents et un inspecteur de l'Université, grand ami de ma famille.

Dès mon apparition, mon parent prit la parole :

— Eh bien ! Jean-Marc, tu fais de jolies choses, et tu ne penses pas, j'espère, que nous allons laisser sans punition une conduite semblable ?

— Je sais toutes les observations que vous pouvez me faire, interrompis-je aussitôt ; que me voulez-vous ?

L'inspecteur de l'Université intervint, car il s'apercevait à la pâleur de mon visage, au tremblement mal déguisé qui m'agitait, que ma colère allait bientôt éclater.

— Tu as commis en effet une grosse sottise, mon enfant, me dit-il, mais tu es jeune et rien n'est irréparable à ton âge ; nous venons te chercher pour te conduire à l'institution F...

— Je suis prêt à vous suivre ; je ferai tout pour quitter cet enfer ; mais avant de partir d'ici, j'ai deux questions à vous faire. Où est mon tuteur ?

— Il est absent, et fort heureusement pour toi, répondit mon parent.

— Bien, et maintenant, pourquoi ma tante ne vous a-t-elle pas accompagnés ?

— Parce qu'elle est lasse de toi et de tes fautes, qui ressemblent à des crimes, dit encore mon parent ; quand un travail assidu et une conduite exemplaire auront fait oublier tes escapades, elle ira te voir ; mais jusque-là elle te tiendra éloigné d'elle.

— Alors je refuse de sortir du collège !

Un cri de surprise accueillit ma réponse.

L'inspecteur de l'Université me prit la main en me disant :

— Y penses-tu bien, mon pauvre enfant !

— Oui, Monsieur, répliquai-je, j'y pense, et j'y pense sérieusement ; écoutez-moi, et vous me comprendrez. Depuis la mort de ma mère, c'est ma tante qui a pris soin de moi ; je sais qu'elle est vieille, qu'elle est bonne, et toute la douleur que j'ai pu lui causer ; mais je sais aussi qu'elle a accepté ce devoir sacré de veiller sur moi et qu'elle répond de son fils à celle qui n'est plus. Je vous suivrai partout, mais à cette condition qu'elle viendra me dire elle-même qu'elle me pardonne et qu'elle ne m'a pas ôté une affection qui est la seule qui me reste encore.

On me fit de longues observations ; je demeurai inébranlable.

— Je vais lui écrire, dis-je, vous lui remettrez ma lettre, et selon ce qu'elle me répondra, je saurai ce qu'il me reste à faire.

Je m'assis à une table ; ces trois messieurs réunis en conciliabule me tournaient le dos. Dans la coupelle de l'encrier, je vis un canif, je le pris et le glissai dans ma manche, certain maintenant de ma liberté, et j'écrivis :

« Ma bonne tante, on dit que vous ne voulez plus me voir et que vous êtes décidée à abandonner celui qui regrette amèrement les chagrins qu'il vous a causés ; je ne puis le croire. Je refuse de quitter le collège tant que *vous* ne viendrez pas me chercher *vous-même*. Il est une heure ; si à six heures aujourd'hui je ne vous ai pas vue, je vous dis adieu ! car j'aurai été rejoindre ma mère, à laquelle vous aviez promis de la remplacer près de moi. »

Je cachetai ma lettre, et la remettant à l'inspecteur de l'Université :

— C'est à vous que je la confie, lui dis-je, songez que c'est peut-être un arrêt de mort que l'on va prononcer contre moi. Puis, me tournant vers le proviseur : Faites-moi reconduire à la Bastille, lui criai-je avec un geste de mélodrame !

Le proviseur sonna, un garçon parut.

— Prenez l'élève Jean-Marc et reconduisez-le à son cachot, lui dit-il, vous m'en répondez sur votre tête.

Cinq minutes après, la porte de ma cellule retombait de nouveau sur moi. J'étais à bout de forces, je m'assis, j'appuyais ma tête sur mes bras croisés, et je me pris à réfléchir.

Je fus assez calme jusqu'à quatre heures, mais à ce moment-là, je me crus tout à fait abandonné ; d'après mes calculs, ma tante aurait dû être arrivée depuis longtemps.

— Bien ! pauvre Jean-Marc, me disais-je, on te repousse, on te rejette, eh bien ! sache mourir et n'hésite plus. On apporta le pain du goûter ; je ne pus manger ; l'émotion m'étouffait, ma bouche était desséchée, mes mains tremblaient.

J'écrivis mes adieux à ma tante d'abord, ensuite à un de mes amis d'enfance. Puis je fis mon testament ; j'ai perdu cette pièce de mon histoire, et je me souviens seulement que je léguais toute ma fortune à une vieille bonne qui m'avait élevé et que j'aimais beaucoup. Quand cela fut fait, j'attendis.

Avec le canif que j'avais dérobé chez le proviseur, je comptais me couper les carotides et me débarrasser ainsi du cachot, du collège et de l'existence.

L'heure passait et mon émotion croissait de minute en minute ; des sanglots soulevaient ma poitrine, un nuage de sang troublait mes yeux. Insensiblement j'en arrivai à une exaltation terrible ; je me mordais les mains, je poussais des sons inarticulés, l'image de ma mère tournait autour de moi, car c'est elle que j'appelais. Enfin, je m'écriai dans un paroxysme de douleur :

— Ô ma mère ! ma mère ! vois-tu ce qu'ils ont fait de ton fils ! ils l'ont jeté dans un cachot et l'abandonnent, parce qu'il a cherché la liberté ; ils le laissent souffrir, pleurer et mourir sans même lui donner un regard ; ils ont menti à la parole qu'ils t'avaient jurée. Ma mère ! ma mère ! pourquoi êtes-vous partie ?

Le pion attiré par mes cris se précipita dans ma cellule, il fut effrayé de l'état dans lequel il me trouvait. Il me prit sur ses genoux, me baigna les tempes avec de l'eau froide. Je me remis peu à peu, et je rentrai dans mon cabanon en refoulant avec effort mes émotions au fond de moi-même, tant je redoutais qu'on pût s'opposer à ma résolution.

J'étais plus calme ; mon parti était pris ; il était cinq heures, je m'étais accordé jusqu'à six heures un quart. Je m'agenouillai, et, tourné vers le crucifix pendu à ma muraille, je priai avec ferveur, avec désespoir, sentant des larmes couler le long de mes joues.

Quand j'eus fini, je contemplai longtemps ce canif, et je me rappelle que je le baisai avec amour, en disant : Ô mon libérateur ! Puis je tâtai mon cou, afin de bien reconnaître aux battements des artères à quelle place il faudrait frapper.

Obéissant à ce sentiment dont j'ai déjà parlé, j'écrivis sur le mur au-dessus du Christ :

Ave ! morituri te salutant.

Je sentais comme un mouvement de joie en pensant que tout allait bientôt finir, et cependant lorsque je songeais aux choses de la vie que je ne connaissais pas et que je me figurais si belles, je me désespérais et je pleurais ma jeunesse morte avant que d'être née.

À six heures moins un quart on m'appela de nouveau chez le proviseur. Je courus ; ma tante m'attendait ; elle poussa un cri en me voyant, tant elle me trouva changé ; elle m'ouvrit ses bras, je m'y jetai en sanglotant.

— Vous venez de me sauver la vie, lui dis-je.

J'appris tout alors et je compris pourquoi je n'avais pas eu de ses nouvelles.

Chaque jour elle m'avait écrit, mais ses lettres étaient interceptées par le proviseur, et malgré mes envois quotidiens, elle n'avait pas reçu un seul mot de moi.

Chaque jour elle venait pour m'emmener, mais le proviseur refusait de me rendre, parce que, disait-il, il fallait qu'une punition exemplaire servît d'expiation à ma faute. La menace seule de l'intervention du procureur du roi me fit relâcher. Comme on craignait la faiblesse de l'affection de ma tante, on exigea qu'elle ne viendrait pas me chercher elle-même, afin qu'on pût se rendre plus facilement maître de moi, loin de l'appui de sa tendresse.

Cette excellente femme me gronda bien fort, me fit promettre de ne plus recommencer et se dépêcha de me faire sortir, car, disait-elle, dans sa bonté charmante, « cette maison me fait horreur ».

Le soir même, je fus conduit à l'institution X... J'y trouvai des maîtres qui avaient au moins le mérite d'être polis, j'y trouvai une sorte d'éducation de famille qui tenait aux rapports constants du directeur et des élèves ; j'y trouvai l'oubli de tout ce que j'avais souffert au collège et une tranquillité d'existence à laquelle je n'étais plus accoutumé depuis longtemps. J'y terminai mes études, qui, grâce à ceux qui les dirigeaient à cette heure, ne furent pas trop incomplètes.

(*Mémoires d'un suicidé*)

Maxime DU CAMP

La postérité fait parfois de mauvaises plaisanteries. Maxime Du Camp (1822-1894) n'est plus connu, aujourd'hui, que sous l'appellation vague d'« ami de Flaubert », un peu à la manière de ces seconds rôles qui n'existent qu'au conditionnel, dans l'ombre des stars. Sur le moment, la réalité était pourtant bien différente, pour ne pas dire opposée. C'était Du Camp le Parisien et Flaubert le Provincial, et c'est Du Camp qui servit de mentor à Flaubert lorsqu'il rencontra celui-ci sur les bancs de la faculté de droit où ils s'ennuyaient autant l'un que l'autre. Ils voyagèrent ensemble, d'abord en Bretagne, ensuite en Orient. *Mémoires d'un suicidé* est paru en 1853. C'est une autobiographie à peine déguisée qui raconte l'histoire de Jean-Marc : « *C'est un être inutile, c'est un fils naturel de René, élevé par Antony et Chatterton.* » On peut difficilement imaginer parenté plus lourde à assumer. Personnage suicidaire et impuissant, tout entier déchiré par des désirs qui le dépassent, il est le symbole même d'une révolte poussée à l'extrême en sombrant dans la stérilité. Les années de collège de Jean-Marc reflètent une incroyable violence, celles de ces adolescents du XIXe siècle dont l'historienne Agnès Thiercé [1] a montré récemment qu'ils étaient considérés par la société du temps comme « une classe dangereuse ».

1. Voir note de la préface p. 7.

Jules VALLÈS

La pension Legnagna

Je suis à Paris.

J'y suis arrivé avec une fluxion. Legnagna, le maître de pension, m'a accueilli avec étonnement. Il a dit à sa femme : « Ce n'est pas un élève, c'est une vessie. »

Enfin, cela n'empêche pas d'avoir des prix aux concours.

« Vous travaillerez bien, n'est-ce pas ? »

Et moi, dont la lèvre tient toute la joue, je réponds :

« Boui, boui. »

Il m'a trouvé moins fort qu'il ne pensait. Je mets *du mien* dans mes devoirs.

« Il ne faut pas mettre du *vôtre*, je vous dis : il faut imiter les anciens. »

Il me parle haut, me fait sentir que je paye moins que les camarades.

Il y a fait allusion dès le second jour. Il y avait des épinards. Je n'aime pas les épinards, et voilà que je laisse le plat.

Il passait.

« Vous n'aimez pas ça ?

— Non, monsieur !

— Vous mangiez peut-être des ortolans, chez vous ? Il vous faut sans doute des perdrix rouges ?

— Non ; j'aime mieux le lard ! »

Il a ricané en haussant les épaules et s'en est allé en murmurant : « Paysan ! »

Il donne des soirées, le dimanche ; on m'invite.

Je dis toujours : « Sacré mâtin ! » C'est une habitude ; elle me suit jusque dans son salon.

« *Môssieu* Vingtras, me crie-t-il d'un bout de la table à l'autre, où avez-vous été élevé ? Est-ce que vous avez gardé les vaches ?

— Oui, monsieur, avec ma cousine. »

Il en perd la tête et devient tout rouge.

« Croyez-vous, madame ! » dit-il à une voisine.

Et se tournant vers moi :

« Allez au dortoir ! »

Je suis dans la classe des grands, qui se fichent de moi tant soit peu, mais sans que ça me gêne ; qui ont l'air de faire les malins, et que je trouve bêtes, mais bêtes !... Il y a une gloire, un prix de concours ; il est maigre, vert, a comme la danse de Saint-Guy, se gratte toujours les oreilles, et cherche constamment à s'attraper le bout du nez avec le petit bout de sa langue.

Il y a une demi-gloire, – Anatoly.

Il est pour les bons rapports entre les élèves et les maîtres ; il voudrait qu'on s'entendît bien, – pourquoi donc ?

J'ai l'air *mastoc* ; on me trouve lourd quand je joue aux barres, on me blague comme provincial. Anatoly me protège.

« Il se fera, ne l'embêtez pas ! Dans un mois, il sera comme nous ; dans deux, vous verrez ! »

Oh ! on ne m'embête pas beaucoup ! Je suis solide, et je n'ai pas mes parents pour me rendre timide, honteux, gauche. Ça m'est à peu près égal qu'on me blague, je ne suis pas ébloui par les copains.

Ah ! je me faisais une autre idée de ces forts en latin ! Je trouvais la province plus gaie, moi !

Ils parlent toujours, mais toujours de la même chose, – de celui-ci qui a eu un prix, de celui-là qui a failli l'avoir ; il y a eu un barbarisme commis par Gerbidon, un solécisme par...

« Chez Labadens, tu sais, le petit qui devait avoir le prix de version grecque, il n'est pas venu parce que son père était mort le matin. Labadens a été le chercher en lui promettant qu'il le ramènerait en voiture à l'enterrement. Il n'a pas voulu et a continué à pleurer. »

Ils ont l'air de trouver ce petit stupide.

La pension mène à Bonaparte.

Le mardi, on a le droit de rester pour fignoler sa composition, et je reste jusqu'à ce que le professeur ait eu le temps de tourner le coin ; alors je m'échappe aussi. J'ai devant moi une grande heure, au bout de laquelle j'irai porter chez son concierge la copie qu'on me croit en train de finir.

Je flâne dans les rues pleines de femmes en cheveux ; elles sont si gaies et si jolies avec leurs grands sarraus d'atelier ! Je les suis des yeux, je les écoute fredonner, et je les regarde à travers les vitres déjeuner à côté de ciseleurs en blouses blanches et d'imprimeurs en bonnets de papier. C'est tout ce que je regarde.

Je n'ai pas envie de voir les monuments, quoiqu'il n'y ait plus de bagages pour m'en empêcher ; je trouve que toutes les pierres se ressemblent, et je n'aime que ce qui marche et qui reluit.

Je ne connais donc rien de Paris, rien que les alentours du faubourg

Saint-Honoré, le chemin du lycée Bonaparte, la rue Miromesnil, la rue Verte, place Beauvau ; j'y rencontre beaucoup de domestiques en gilet rouge et de femmes de chambre, en coiffe, dont les rubans volent à la brise.

Le dimanche nous allons en promenade.

Le plus souvent, c'est aux Tuileries, dans l'allée du Sanglier.

Ce *Sanglier !* je le déteste, il m'agace avec son groin de pierre.

Je m'ennuie moins cependant, à partir du jour où M. Chaillu devient notre pion.

Il n'a pas la foi, lui ; il nous laisse nous éparpiller le dimanche, à condition qu'à six heures nous soyons là.

Nous, nous filons sur les *Hollandais*, au Palais-Royal. C'est le café des Saint-Cyriens et des volailles. On appelle *volailles* ceux qui se destinent aux écoles à uniforme et en ont un déjà, à bande orange, à collet saumon, avec des képis à visières dures, à galons d'or ou d'argent.

Quoique *des lettres*, je suis bien avec les volailles, surtout avec les Lauriol. Malheureusement, je n'ai que des semaines de vingt sous, et je suis forcé d'y regarder à deux fois avant de trinquer.

Un jour j'ai eu une fière peur. Nous avions joué et j'avais perdu un franc cinquante. À partir de la première partie, je voulais me lever ; je n'ai pas osé.

« Allons, allons, reste là ! »

Sueur dans le dos, frissons sur le crâne.

Je joue mal, et je laisse voir mes dominos. Tout est fini, j'ai la *culotte* !...

Par bonheur on se battit. Il s'éleva une querelle entre une volaille jaune et une volaille rouge, entre des nouveaux et des anciens de Saint-Cyr, et les carafons se mirent à voler.

Ce fut une mêlée, et je m'y jetai à corps perdu.

Je comptais sur quelque coup qui me mettrait en pièces. Pas de chance ! je donne beaucoup et ne reçois rien.

Je n'en fus pas moins sauvé tout de même.

On nous jeta à la porte, tout un lot, pour débarrasser la place, et je partis vers le *Sanglier*, devant trente sous aux *Hollandais* ; mais j'avais jusqu'à l'autre dimanche.

Je vendis un discours latin à la composition du mardi, – vingt sous comptant.

Je faisais ce commerce quelquefois, je procurais ainsi une bonne place à quelqu'un qui attendait un oncle, ou qui voulait épater pour sa fête, ou qui avait un intérêt quelconque à être *dans les dix*, quoi !

Je retournai aux *Hollandais*, mes trente sous dans le creux de la main. On ne voulut pas de mon argent. C'est la caisse de Saint-Cyr ou une souscription des volailles qui avait réglé la *casse* et les consommations.

J'eus de l'argent devant moi, et en plus une réputation de friand du coup de poing.

N'importe, je reviens toujours pensif de cet estaminet de riches ! Et la nuit, dans mon lit d'écolier, je me demande ce que je deviendrai, moi que l'on destine à une école dans laquelle j'ai peur d'entrer, moi qui n'ai pas, comme ces volailles, ma volonté, mon but, et qui n'aurai pas de fortune.

Ma vie des dimanches change tout d'un coup.

Il y avait au collège de Nantes un élève modèle nommé Matoussaint.

Matoussaint vient rester à Paris. Mon père lui a donné une lettre qui l'autorise à me faire sortir le dimanche.

Matoussaint n'est libre qu'à deux heures. C'est bien assez de la demi-journée, – nous ne savons que faire jusqu'à cinq heures ; nous ne voulons pas aller au café pour ne pas dépenser notre argent. Il m'a apporté vingt francs de la part de ma mère : mais je les ménage.

Nous tuons mal l'après-midi. – C'est ennuyeux, je trouve, de se promener quand tous les autres se promènent aussi, et qu'on a tous l'air bête. Ah ! si c'était comme en semaine ! On verrait grouiller le monde. Aujourd'hui, on ne fait pas de bruit ; on glisse comme des prêtres.

Il faudrait aller à Meudon ! Là on rit, on s'amuse.

Mais, c'est *dix sous*, de Paris à Meudon ! Attendons qu'on ait fait fortune !

« Ça fait du bien de marcher par ce froid-là », dit Matoussaint, – qui veut me faire croire qu'il s'amuse, mais qui grelotte comme un lustre qu'on époussette.

J'aimerais mieux me porter plus mal et avoir plus chaud.

Les dimanches de pluie, nous allons dans les musées.

« On apprend toujours quelque chose, dit Matoussaint, en entrant dans les galeries.

— On apprend quoi ?

— Tu contemples les tableaux, les marbres !

— Et après ? »

Matoussaint m'appelle positif, et me dit avec amertume :

« Toi qui as fait de si beaux vers latins ! »

C'est vrai tout de même !

Matoussaint me voit ébranlé et continue :

« Tu renies tes dieux, tu craches sur ta lyre !

— Messieurs, crie le gardien en habit vert, en étendant sa baguette et nous montrant du son, si vous voulez cracher, c'est dans le coin. »

Cinq heures arrivent enfin. Je ne suis pas fou des chefs-d'œuvre et des monuments, décidément.

C'est à cinq heures que Lemaître nous rejoint. Lemaître est *calicot* et Matoussaint le tient en petite estime ; il ne comprend que les professions nobles. Cependant, comme Lemaître connaît des *douillards* et des *rigolos*, il l'accueille à bras ouverts.

Il arrive et l'on va prendre l'absinthe à la Rotonde, ou à la *Pissote*, où l'on espère rencontrer Grassot.

« Oh ! voici Sainville ! – Non ! Si ! »

L'absinthe une fois sirotée dans le demi-jour de six heures, nous filons du côté du Palais-Royal, où l'on doit trouver les amis chez Tavernier. Ils se mettent toujours dans la grande salle, à la table du coin.

Nous dînons à trente-deux sous.

Les calicots, camarades de Lemaître, sont avec leurs petites amies, bien chaussées, toutes gentilles, et qui rient, qui rient, à propos de tout et de rien...

Et comme c'est bon ce qu'on mange !

Purée Crécy, Côtelettes Soubise, sauce Montmorency. À la bonne heure ! Voilà comment on apprend l'Histoire !

Ça vous a un goût relevé, piquant, ces plats et ces sauces !

M. Radigon, le loustic de la bande, n'est pas pour toutes ces blagues-là.

« Garçon, un pied de cochon grillé... Pour faire des pieds de cochon, prenez vos pieds, grattez-les. »

On rit. Moi, je ne dis rien, j'écoute.

« Votre ami est muet, monsieur Matoussaint ? »

Je fais une grimace et pousse un son, pour établir que je n'appartiens pas aux disciples de l'abbé de l'Épée. On me discute au coin de la table.

« Une tête – des yeux. – Mais il a l'air trop *couenne* ! »

Je me rattrape par les tours de force. J'abaisse les poignets, j'écrase les doigts, je soulève la soupière avec les dents, je reste quatre-vingts secondes sans respirer, à la grande peur des gens d'à côté, qui voient mes veines se gonfler ; les yeux me sortent de la tête.

« Je n'aime pas qu'on fasse ça près de moi quand je mange », dit un voisin.

Radigon lui-même en a assez.

« Ah ! c'est qu'il nous embête, à la fin, avec sa respiration ! »

Après le dîner, il faut que je parte.

Les autres élèves de la pension ont jusqu'à minuit. Legnagna – par méchanceté – exige que je sois là à huit heures.

Je quitte la *société* et je redescends du côté du faubourg Saint-Honoré.

Il me reste un quart d'heure à assassiner avant de regagner le bahut, mais j'aurais l'air de n'avoir pas su où dépenser mon temps si je reparaissais avant l'heure.

J'aimerais mieux être rentré. Je ne crains pas la solitude de ce dortoir où j'entends revenir un à un les camarades. Je puis penser, causer avec moi, ce sont mes seuls moments de grand silence. Je ne suis pas distrait par le bruit de la foule où ma timidité m'isole, je ne suis pas troublé par les bruits de dictionnaires, ni les récits de grand concours.

Je me souviens de ceci, de cela, – d'une promenade à Vourzac, d'une moisson au grand soleil ! – et dans le calme de cette pension qui s'endort, la tête tournée vers la fenêtre d'où j'aperçois le champ du ciel, je rêve non à l'avenir, mais au passé.

On m'appelle un jour chez Legnagna.

Il me délivre un paquet que ma mère m'envoie ; il a l'air furieux.

« Vous emporterez cela aussi », me dit-il.

Il me glisse en même temps un pot et me reconduit vers la porte.

Je n'y comprends rien, je déplie le paquet. J'y trouve une lettre :

« Mon cher fils,

« Je t'envoie un pantalon neuf pour ta fête, c'est ton père qui l'a taillé sur un de ses vieux, c'est moi qui l'ai cousu. Nous avons voulu te donner cette preuve de notre amour. Nous y ajoutons un habit bleu à boutons d'or. Par le même courrier, j'envoie à M. Legnagna un bocal de cornichons pour le disposer en ta faveur.

« Travaille bien, mon enfant, et relève tes basques quand tu t'assieds. »

Il y avait un mot de mon père aussi.

Je lui avais écrit que Legnagna essayait de m'humilier, que je voudrais quitter la pension, vu que je souffrais d'être ainsi blessé tous les jours.

Mon père m'a répondu une lettre qui m'a tout troublé. Fait-il le comédien ? Est-il bon au fond ?

« Prends courage, mon ami ! Je ne veux pas te dire que c'est de ta faute si tu es à Paris... Aie de la patience, travaille bien, paie avec tes prix ta pension, puis tu pourras lui dire ses vérités. »

Pas une allusion au passé, rien ? Pas un reproche ; presque de la bonté, un peu de tristesse !... Je lui aurais sauté au cou s'il avait été là.

Je ferai comme il l'a dit : j'attendrai et j'essaierai d'avoir des prix.

Et cependant comme ce latin et ce grec sont ennuyeux ! et qu'est-ce que cela me fait à moi les barbarismes et les solécismes !

Et toujours, toujours le grand concours !

Le professeur s'appelle D...

Il a une petite bouche pincée, il marche comme un canard, il a l'air de glousser quand il rit, et sa perruque est luisante comme de la plume. Il a eu pour la troisième fois le prix d'honneur au concours général ; l'an passé, on l'a décoré, il a une crête rouge. Il parle un peu comme un incroyable, il prononce : « Cicé-on, discou-e, Alma pa-ens. »

Il est le professeur de latin, il a un français à lui.

Quand des élèves ont manqué la classe pour aller au café ou au bain et qu'il aperçoit des bancs vides, il dit :

« Je vois ici beaucoup d'élèves qui n'y sont pas. »

Le professeur de français s'appelle N..., c'est le frère d'un académicien qui a deux morales au lieu d'une : abondance de biens ne nuit pas.

Il est long, maigre et rouge, a une redingote à la prêtre, des lunettes de carnaval, une voix cassée, flûtée, sifflante.

De cette voix-là, il lit des tirades d'*Iphigénie* ou d'*Esther*, et quand c'est fini, il joint les mains, regarde le plafond plein d'araignées, et crie : « À genoux ! à genoux ! devant le divin Racine ! »

Il y a un nouveau qui, une fois, s'est mis à genoux pour tout de bon.

Et d'un geste de dédain, chassant le bouquin qu'il a devant lui, le professeur continue :

« Il ne reste plus qu'à fermer les autres livres. »

Je ne demande pas mieux.

« Et à s'avouer impuissant ! »

C'est son affaire.

J'ai commencé par avoir de bonnes places en discours français, mais je dégringole vite.

Du second, je tombe à dixième, à quinzième !

Ayant à parler de paysans qui, pour fêter leur roi, trinquent ensemble, j'avais dit une fois :

Et tous réunis, ils burent un BON *verre de vin.*

« UN BON ! – Ce garçon-là n'a rien de fleuri, rien, rien ; je ne serais pas étonné qu'il fût méchant ! UN BON ! Quand notre langue est si fertile en tours heureux, pour exprimer l'opération accomplie par ceux qui portent à leurs lèvres le jus de Bacchus, le nectar des dieux ! Et que ne se souvenait-il de l'image à la fois modeste et hardie de Boileau :

Boire un verre de vin *qui rit dans la fougère* !

C'est que je n'ai jamais compris ce vers-là, moi ! Boire un verre qui se tient les côtes dans l'herbe, sous la coudrette !

Je suis sec, plus sec encore qu'il ne croit, car il y a un tas de choses que je ne comprends pas davantage.

« Bien peu là-dedans », fait le professeur en mettant un doigt sur son cœur.

Il s'arrête un moment :

« Mais rien là-dedans, bien sûr », ajoute-t-il en se frappant le front, et secouant la tête d'un air de compassion profonde. « Il a une fois réussi, parce qu'il avait lu Pierrot, – mais allez, c'est un garçon qui aimera toujours mieux écrire « fusil », qu'*arme qui vomit la mort*. »

C'est que ça me vient comme cela à moi ! nous parlons comme cela à la maison ; – on parle comme cela dans celles où j'allais. – Nous fréquentions du monde si pauvre !

Je me rejette sur le vers latin, et le vers latin me réussit.

Il était temps.

Je sentais le moment où ce misérable Legnagna, dans son dépit de me voir sans succès, me porterait trop de coups sourds. Je lui aurais, un beau matin, cassé les reins.

J'avais même songé une fois à filer pour tout de bon : non pas pour aller flâner aux Champs-Élysées ou devant les saltimbanques, comme je faisais quand je manquais la classe ; mais pour lâcher la pension du coup, et me plonger, comme un évadé du bagne, dans les profondeurs de Paris.

Qu'aurais-je fait ? Je l'ignore.

Mais je me suis demandé souvent s'il n'aurait pas autant valu que je m'échappasse ce jour-là, et qu'il fût décidé tout de suite que ma vie serait une série de combats. Peut-être bien.

Ma résolution était presque prise. C'est Anatoly le Pacifique qui la changea, parce qu'il crut bon d'avertir Legnagna.

Celui-ci me fit venir et me dit qu'il savait ce que je voulais faire. Il ajouta qu'il avait prévenu le commissaire, et que si je m'échappais, j'appartenais aux gendarmes. Ce mot me fit peur.

C'est sur ces entrefaites que je composai une pièce en distiques, qui fut, paraît-il, une révélation. J'aurais le prix si je m'en tirais comme cela au concours.

Le prix au concours, je voudrais bien. Ce serait pour payer ma dette, et en sortant de la Sorbonne, en pleine cour, je prendrais les oreilles de Legnagna et je ferais un nœud avec.

Le jour du concours arrive.

Nous nous levons de grand matin. On nous a donné un *filet* qui est un des trophées de la maison, et l'on y met du vin, du poulet froid. Legnagna me tend la main. Je ne puis pas lui refuser la mienne, mais je la tends mal, et ce geste de fausse amitié est pire que l'hostilité et le silence.

« Distinguez-vous... »

Il rit d'un rire lâche.

Nous partons, Anatoly et moi ; il fait un petit froid piquant.

Nous arrivons presque en retard.

Je n'avais jamais vu Paris par le soleil frais du matin, vide et calme, et je me suis arrêté cinq minutes sur le pont, à regarder le ciel blanc et à écouter couler l'eau. Elle battait l'arche du pont.

Il y avait sur le bord de la Seine un homme en chapeau qui lavait son mouchoir. Il était à genoux comme une blanchisseuse ; il se releva, tordit le bout du linge et l'étala une seconde au vent. Je le suivais des yeux. Puis il le plia avec soin et le mit à sécher sous sa redingote, qu'il entrouvrit et reboutonna d'un geste de voleur.

Il ramassa quelque chose que j'avais remarqué par terre. C'était un livre comme un dictionnaire.

Anatoly me tira par les basques, il fallait partir ! mais j'eus le temps de voir une face pâle, tout d'un coup au-dessus des marches.

Je l'ai encore devant les yeux, et toute la journée elle fut entre moi et le papier blanc. Je ferais mieux de dire qu'elle a été devant moi toute ma vie.

C'est que dans la face de ce laveur de guenille plus blanc que son mouchoir mal lavé, j'avais lu sa vie !

Ce livre me disait qu'il avait été écolier aussi, lauréat peut-être. Je m'étais rappelé tout d'un coup toute l'existence de mon père, les proviseurs bêtes, les élèves cruels, l'inspecteur lâche, et le professeur toujours humilié, malheureux, menacé de disgrâce !

« Je parierais que ce pauvre que je viens de voir sous le pont est bachelier », dis-je à Anatoly.

Je ne me trompais pas.

Au moment même où l'on nous appelait pour entrer à la Sorbonne, *un Charlemagne* avait crié, montrant une ombre noire qui montait la rue :

« Tiens, l'ancien répétiteur de Jauffret ! »

C'était la face pâle, l'homme au mouchoir, le pauvre au livre.

On dicte la composition.

Vais-je la faire ? À quoi bon !

Pour être répétiteur comme cet homme, puis devenir laveur de mouchoirs sous les ponts ? Quelle est son histoire à cet être qui obsède ma pensée ?

Je ne sais. Il a peut-être giflé un censeur, pas même giflé, blagué seulement. Il a peut-être écrit un article dans l'*Argus de Dijon* ou le *Petit homme gris* d'Issingeaux, et pour cette raison on l'a destitué.

Pas ce métier-là, non, non !

Il faut cependant que je me conduise honnêtement, il faut que je fasse ce que je puis.

Je ne trouve rien, rien – j'ai du dégoût comme une fois où j'avais, tout petit, mangé trop de mélasse.

Voilà enfin quarante alexandrins de *tournés !* C'est ma copie.

« Tu as fini ? me dit mon voisin.

— Oui.

— Moi aussi. Veux-tu que nous fassions cuire des petites saucisses ? »

Il tire un petit fourneau à esprit-de-vin et le cache entre les dictionnaires, puis il sort un bout de poêle.

« Ça va crier, prends garde ! »

Le professeur qui surveillait était Deschanel ; c'était un garçon d'esprit, – il entendit cuire les saucisses. – On avait le droit de manger cru dans la longue séance, – il pensa qu'on pouvait manger cuit. Tant pis pour celui qui tenait la casserole au lieu du dictionnaire dans la bataille !

« Le café, maintenant. J'aime bien mon café, et toi ? »

Celui de Charlemagne fit le café.

Il manque la goutte. On vendit des morceaux de composition, des tranches de copie à des *bouche-trou* de Stanislas et de Rollin qui avaient des faux cols droits, des rondins de drap fin, et de l'argent dans leurs goussets. Nous eûmes une bonne rincette et une petite *consolation*. Pour finir, je me chargeai spécialement du *brûlot*.

« Ton brouillon ? » fit Anatoly le Pacifique, dès que je rentrai à la pension.

Legnagna arriva, et ils l'épluchèrent ensemble.

Je sais que ma composition est ratée, et maintenant que le souvenir de la face pâle est moins vif et que les fumées de notre banquet sont évanouies, je me sens chagrin, j'éprouve comme des remords.

Legnagna ne me dit pas un mot. Il me jette un regard de haine.

Le résultat est connu. – Je n'ai rien !

Mais Anatoly n'a rien non plus, la classe n'a rien, le collège n'a pas grand-chose. C'est un désastre pour le lycée.

Les bûcheurs et les malins n'ont pas fait mieux que moi, ma conscience est plus calme.

La distribution des prix arrive. J'y assiste obscur et inglorieux ! *Fractis occumbam inglorius armis !*

Et chacun s'en va...

Moi je reste.

J'attends une lettre de mon père, et des instructions. Rien ne vient. On me laisse ici à la merci de Legnagna, qui me hait.

Nous sommes quatre dans la pension.

Un qui n'a pas de parents et dont le tuteur envoie la pension, un créole des Antilles qui ne sort que par hasard, et un petit Japonais qui ne sort jamais.

Ils paient cher, ceux-là ; moi, je suis engagé au rabais, et je devais avoir des prix. Je n'ai rien eu, et je mange beaucoup.

J'ai écrit. Si mes parents ne viennent pas demain, si je n'ai pas de réponse, je quitte la maison et je pars.

Legnagna me laissera filer, par économie, sans aller chez le commissaire, cette fois.

Oh ! ces lettres attendues ! ce facteur guetté ! mes supplications dont mon père et ma mère se rient !

J'ai presque pleuré dans mes phrases, en demandant qu'on vînt me chercher, parce que Legnagna me larde de reproches éternels.

« C'était bien assez de me nourrir pendant l'année, il faut qu'il me nourrisse encore pendant les vacances ! »

Un jour une scène éclate ; mon père est en jeu. Legnagna arrive échevelé.

« Quoi ! me dit-il en écumant, je viens d'apprendre que monsieur votre père gagne de l'argent, *s'est fait huit mille*, cette année ; je viens d'apprendre que j'ai été sa dupe, que je vous ai fait payer comme à un gueux, quand vous pouviez payer comme un riche. C'est de la malhonnêteté, cela, monsieur, entendez-vous ? »

Il frappe du pied, marche vers moi...

Oh ! non, halte-là ! Gare dessous, Legnagna !

Il devine et s'échappe en déchargeant sa colère contre la porte avec laquelle il soufflette le mur.

Une fois parti, le bruit de ses injures tombé, je réfléchis à ce qu'il vient de dire, et je lui donne raison.

Oh ! mon père ! vous pouviez m'éviter ces humiliations !

Est-ce bien vrai que vous n'êtes pas un pauvre ?

C'est vrai. – Celui qui a averti Legnagna est son beau-frère lui-même, arrivé de Nantes la veille.

Après la scène, Legnagna est venu à moi dans la cour.

« Je n'aurais rien dit, fait-il, si votre père vous avait retiré à la fin des classes, mais voilà huit jours qu'on vous laisse ici sans nouvelles ; cela a l'air d'une moquerie, vous comprenez ! »

Je balbutie et ne trouve rien à répondre ; je pense comme lui.

« Mon père paiera ces huit jours.

— Il le peut... Votre père a plus gagné que moi cette année, et il n'avait pas besoin de venir demander une remise de trois cents francs sur votre pension. »

C'est pour trois cents francs que j'ai tant souffert !

(*L'Enfant*)

Jules VALLÈS

« *À tous ceux qui crevèrent d'ennui au collège ou qu'on fit pleurer dans la famille, qui, pendant leur enfance, furent tyrannisés par leurs maîtres ou rossés par leurs parents, je dédie ce livre.* » En mettant ainsi en exergue cette dédicace vengeresse à *L'Enfant*, premier volume de la trilogie autobiographique de Jacques Vingtras, Jules Vallès (1832-1885) allait donner une des peintures les plus saisissantes, aux résonances dostoïevskiennes, de l'enfance malheureuse, humiliée et offensée au XIXe siècle. *L'Enfant*, comme *Le Bachelier*, présente un tableau sans concessions de ce qu'était l'éducation en France, avant la révolution laïque de Jules Ferry. Fils d'instituteur, Vallès savait de quoi il parlait quand il mettait en scène ces diplômés capables de traduire Homère à main levée tout en ayant le ventre vide et des redingotes usées jusqu'à la corde. Déclassé et glorieux, styliste sec et ironique, Vallès transforma cette expérience en une rage révolutionnaire qui fit de lui une des figures les plus marquantes de la Commune de Paris.

Émile ZOLA

La vie au collège Bourdon d'Aix-en-Provence

Le collège de la ville d'Aix est un bon collège de province. La ville a un vieux renom de ville littéraire et savante. Aussi le collège est-il très fréquenté. Nous étions là environ quatre cents, ce qui est un joli chiffre, dans cette province lointaine, dans cette antique cité, solitaire et morte, où l'herbe pousse entre les pavés des rues.

Je me souviens de mes compagnons. Les uns, comme moi, appartenaient à la ville même. Pour la plupart, ils étaient fils d'avocats, d'avoués, de notaires. Ceux-là devaient hériter des études ou des cabinets de leurs pères, et ils suivaient une voie toute tracée. Après le collège, l'école de droit, et après l'école de droit une situation réglée à l'avance, qui les attendait. Aussi le plus grand nombre se montraient-ils fort paresseux. La vie leur semblait toute mâchée, ils se demandaient à quoi bon se casser le cerveau, puisque leur sort était fixé. Au sortir des bancs du collège, ils n'auraient qu'à s'asseoir dans le vieux fauteuil de famille, devant le bureau où l'aïeul avait commencé sa fortune. En somme, il y a des accommodements avec les examens, et, une fois les examens passés, ce n'est pas la science apprise au collège qui fait les hommes habiles. Les futurs avocats, les futurs avoués se faisaient-ils ce raisonnement, je l'ignore ; mais, je le répète, ils étaient généralement parmi les cancres, ce qui ne les a pas empêchés plus tard de se tirer fort bien de leur charge.

Nous avions aussi des fils de négociants, de petits détaillants, même des fils d'entrepreneurs et d'ouvriers devenus patrons. Il y a à Paris et dans les villes de province une poussée de plus en plus large vers l'instruction. Quiconque a réalisé quelque argent, les parvenus les plus illettrés, les enrichis de la veille dont les mains ont gardé les rudesses du métier, rêvent pour leurs fils des situations libérales et poussent surtout leur petite famille dans le barreau, qui, dit-on, mène à tout de nos jours. Parmi les fils de ces parvenus, il y avait quelques bons élèves. Ils étaient généralement d'esprit lourd, mais certains paraissaient comprendre la nécessité de l'instruction, le besoin de gravir un échelon social par le travail. Ceux-là s'entêtaient, le nez dans les livres, avec la volonté arrêtée de n'être pas un maître serrurier ou un aubergiste, comme leur père. Deux ou trois sont arrivés à de très belles situations. Quant aux autres, ils ne récompensaient guère leurs familles des sacrifices qu'elles faisaient. Puisque le papa avait travaillé, à quoi bon se fendre la tête pour y faire entrer du grec et du latin ? Ils sauraient toujours bien jouir des rentes dont ils hériteraient un jour. Plusieurs ne finissaient même pas leurs classes. Les familles se lassaient et les retiraient des classes de latin, pour les mettre dans les classes de commerce, abandonnant l'idée de faire d'eux des avocats, réfléchissant qu'il leur suffirait de savoir l'orthographe et l'arithmétique, s'ils voulaient reprendre un jour la maison paternelle.

Plus tard, j'ai retrouvé ainsi certains de mes condisciples, dans le commerce et l'industrie : un fabrique des alcools, un autre est bourrelier, un autre est tailleur, un autre vend de la porcelaine. De toute leur instruction universitaire, j'ai remarqué qu'il ne leur était resté dans la mémoire que des morceaux de récitation, des passages de Boileau surtout. Le distillateur sait encore tout *Le Repas ridicule*, qu'il récite d'un trait.

Mais les élèves les plus typiques nous étaient envoyés par les départements voisins, ceux du Var et des Basses-Alpes. Chaque année, il descendait de là-haut une nouvelle bande de grands garçons, taillés à coups de hache, chaussés de gros souliers ferrés et l'air butor. C'étaient, pour la plupart, des fils de fermiers riches, ou encore des fils de marchands, vivant d'un petit négoce au fond d'un bourg de la montagne. Peu importait d'ailleurs la position de la famille, les enfants des notaires et des pharmaciens eux-mêmes montraient en arrivant une brutalité de montagnard qui ne disparaissait jamais complètement. Presque tous avaient le crâne plus dur que les rochers sur lesquels ils avaient poussé. Beaucoup témoignaient une véritable horreur pour les livres. J'en ai connu un, particulièrement, dans la cervelle duquel on n'a jamais pu faire pénétrer trois idées à la file. Il passait les journées dans une attitude calme et pesante de bœuf qui digère. Il avait de grands yeux vides qu'il fixait sur le professeur, comme s'il comprenait ; et, lorsqu'on l'interrogeait, on s'apercevait qu'il n'avait pas même entendu. Tous n'avaient pas cette stupidité, mais les garçons intelligents étaient l'exception parmi eux. Certains ont acheté des charges de notaire dans des villages perdus. Il faudra évidemment trois ou quatre générations pour affiner la race et dégager l'intelligence, dans cette classe de rudes travailleurs.

La ville d'Aix est une ancienne ville parlementaire, où vit encore toute une vieille noblesse de robe. Cette noblesse se cloître chez elle. Jusqu'à ces dernières années, les divisions sociales sont restées très marquées dans la ville. Aussi les familles nobles n'envoient-elles pas leurs enfants au collège. Cela n'est pas bon genre. Il faut ajouter que l'instruction religieuse n'a pas au collège les développements que peuvent désirer des familles pratiquantes ; on y remplit les stricts devoirs, pas davantage ; et encore la communion, aux grandes fêtes, y est-elle facultative. Les nobles ont donc adopté certaines maisons religieuses des environs ; un collège, tenu par les jésuites et situé très loin, est surtout en faveur. Donc, les élèves appartenant à la noblesse sont fort rares au collège d'Aix. De mon temps, j'en ai compté une dizaine au plus. On me dit que le nombre s'accroît d'année en année.

Rien de plus intéressant à étudier que ce petit monde d'un collège. Quand un enfant entre là, il peut être certain qu'il va frôler tous les mondes. La société y est représentée en raccourci. C'est le pêle-mêle le plus démocratique qu'on puisse rêver. Les différences sociales s'effacent, et j'ai même remarqué qu'un fils de noble court, plus que le fils d'un paysan, le risque d'être battu. Au collège, on ne reconnaît guère que la supériorité des gros poings. Le dictateur de la cour est quelque beau et grand garçon, qui saute plus loin que les autres et qui lance la balle avec une grâce et une force particulières. On se rapproche des sociétés primitives, les questions de situations acquises et de fortunes gagnées disparaissent, un enfant n'est plus qu'un petit citoyen de la république scolaire, condamné aux mêmes devoirs, vivant la même vie, ne jouissant d'aucun privilège. Il est vrai que cette république n'existe que grâce au pouvoir absolu du proviseur.

Certes, la méchanceté était grande au collège d'Aix. On se tutoie, mais on se massacre. Les nouveaux venus paient leur entrée de quelque bataille. Certains restent à jamais des souffre-douleur. L'homme est au fond de l'enfant, et l'enfant a ceci pour lui qu'il ne sait point dissimuler : il se jette sur son ennemi et le mord. Pour un observateur, il y a des notes bien précieuses à prendre dans ces établissements où la génération du lendemain grandit, en dehors des conventions sociales, étalant les libres appétits au milieu du laisser-aller de l'enfance. Plus d'hommes parqués çà et là par la fortune, la naissance ou le talent ; rien que de jeunes bêtes lâchées dans la vie, apprenant l'existence en commun, sans rien cacher encore de leur nature.

Eh bien ! selon moi, c'est ce qui rend précieuse la vie de collège. Quand on a un fils, on ne saurait hésiter une seconde, c'est là qu'il faut le placer. Peut-être les études laissent-elles à désirer, peut-être apprendrait-on davantage et plus vite, si l'on avait des précepteurs chez soi. Mais, chez soi, on n'apprendrait pas la vie. Rien ne saurait remplacer cette éducation en commun qui fait un homme d'un enfant. Que l'enfant batte et soit battu, qu'il souffre et qu'il fasse souffrir, qu'il se débrouille de façon à avoir déjà le pied et le cœur solides, lorsqu'il entrera dans la société, dans la vraie et la grande ! Tous les garçons qu'on élève au logis, dans les jupes de leurs mères, restent des filles. Sans doute, au collège, il y a tout un apprentissage du vice, des facilités de paresse, une pente fatale au mensonge. Mais il faut se dire virilement que les enfants qui tournent mal au collège sont ceux qui auraient mal tourné partout ailleurs. Ils deviennent là de francs chenapans, tandis qu'à la maison ils seraient devenus des chenapans hypocrites. Le collège fortifie et bronze les bonnes natures. Cela suffit.

Mais je reviens au collège d'Aix. Il est installé dans un ancien couvent. C'est un grand bâtiment qui se compose de trois ailes enfermant une vaste cour carrée. La cour est plus basse que la rue ; il faut descendre un étage pour se rendre aux études et aux classes, qui occupent les salles du rez-de-chaussée. Une seconde cour se trouve séparée de la première par un bassin, où l'on permet aux élèves de barboter l'été une fois par semaine. Ces deux préaux, tournés au midi, sont plantés de platanes superbes, et s'ouvrent sur le plein ciel, au bord même de la ville, dont les vieux remparts couverts de lierre ne servent aujourd'hui de clôture qu'aux jardins voisins.

Il y a des dortoirs qui peuvent contenir une quarantaine de lits, un très beau réfectoire dont les tables sont en marbre noir, une chapelle charmante ouverte sur la rue, une lingerie magnifique. Mais les classes sont étroites et sombres ; les murs, dont le badigeon s'émiette, paraissent mangés d'une lèpre affreuse ; les bancs et les tables, taillés à coups de couteau, ressemblent à des planches que des sauvages auraient sculptées. On vit là, sans feu l'hiver, entre quatre murailles blanchies à la chaux. Pourtant, je ne me rappelle pas avoir souffert de cette nudité. Nous acceptions très bien le petit lit de fer et la caisse de bois, qui était l'unique meuble autorisé, meuble dans lequel on serrait les souliers, la cuvette et le pot à eau de terre grossière. Il faisait très frais l'été, sous les platanes ; on voyait un large pan de ciel ; et la gaieté des deux cours était, le matin et le soir, la chanson assourdissante de plusieurs milliers de moineaux qui couchaient dans les feuilles. Nous ne nous plaignions jamais que du travail et de la cuisine.

Oh ! cette cuisine ! J'ai aujourd'hui encore des nausées lorsque j'y songe. Du pain sec, au premier déjeuner et au goûter. À midi, un potage, un plat de viande, un plat de légume et un dessert. Le soir, deux plats de viande et un dessert. Les tables sont de six élèves, et il y a une bouteille de vin par table. Certes, la quantité serait suffisante, car le pain est à volonté ; mais c'est surtout de la qualité dont on se plaint. Je me souviens de plats abominables, devant lesquels je mangeais stoïquement mon pain sec : entre autres, un étrange ragoût de morue qui empoisonnait le moisi ; des haricots nageant dans une affreuse sauce blanche ; des lentilles noyées d'eau ; des potages inconnus, dont la composition aurait défié l'analyse la plus minutieuse. On se rattrapait sur le pain, on bourrait ses poches de morceaux de pain, qu'on dévorait en récréation et en classe. Pendant les six ans que je suis resté au collège d'Aix, j'ai eu faim. La cuisine devenait si mauvaise, par moments, que des révoltes éclataient. On lançait des carafes à la tête des maîtres d'étude, le proviseur descendait pour mettre la paix et pour déclarer que la cuisine était excellente, après avoir magistralement goûté aux plats du jour, dont il se gardait bien de manger sur sa table. Une fois, surtout, cinq élèves furent chassés, après une révolte qui avait duré près de cinq heures : toute une division s'était barricadée dans le réfectoire et avait chanté *La Marseillaise*.

J'ai toujours un petit frisson, lorsque je songe aux horreurs de cette cuisine. Mais, au demeurant, c'est à peu près là l'unique souvenir désagréable que m'ait laissé le collège. On pense sans amertume à ces années de prison, parce qu'on pense à sa jeunesse envolée. Puis, il y a toutes sortes de petits bonheurs. L'emprisonnement vous rend la liberté bien chère. Et comme on goûte profondément les plaisirs défendus, les premières pipes fumées en secret et qui vous rendent si malade, les romans lus derrière les dictionnaires, les lettres écrites aux petites ouvrières du quartier et portées par les externes ! Dans notre dortoir, lorsque le maître d'étude dormait, nous jouions aux cartes, d'un lit à l'autre. La veilleuse éclairait faiblement la longue pièce blanche, on voyait à peine les cartes, et il fallait jouer sans lâcher un mot ; n'importe, c'étaient des parties passionnées. Puis l'été, la grande hardiesse était de sauter par-dessus le mur de la petite cour, pour aller voler des abricots et des groseilles dans le jardin du proviseur. J'ai ainsi des souvenirs, très vibrants encore, et d'une douceur sans pareille : les classes un peu froides de l'automne, où l'on se réchauffait en soufflant sur ses doigts, les récréations du printemps, avec toutes sortes de bonnes odeurs qui venaient de la campagne.

Je vais m'efforcer, cependant, de mettre de l'ordre dans mes notes, dont l'exposé est commandé par mes souvenirs personnels, et je passerai maintenant aux surveillants et aux maîtres.

Dans les collèges les surveillants sont de véritables parias, des souffre-douleur. On les appelle « pions » ; ils sont tenus de surveiller nuit et jour la foule déchaînée des élèves. On les recrute de différentes manières. Les plus intéressants d'entre eux sont des jeunes gens pauvres qui sont sortis eux-mêmes du collège, mais n'ont pas les moyens d'entrer en faculté. En ce cas, on leur offre une place de surveillant ; ils reçoivent de cette façon le pain et un toit ; leur tâche consiste aussi à surveiller le travail des élèves. Le malheur est que ces jeunes gens manquent souvent de l'énergie nécessaire ; hier encore ils étaient eux-mêmes des élèves, et il leur est absolument impossible de passer subitement du rôle de prisonnier à celui de gardien. Et c'est pourquoi ce sont tous des êtres malheureux. Plus ils sont gentils, moins on les respecte. Les élèves en arrivent très vite à leur dire « tu », fument des cigarettes sous leur nez, se permettent tout. J'en connais trois ou quatre qui ont dû quitter le collège, après quelques semaines de supplice ; c'étaient d'excellentes gens, et c'est précisément pourquoi ils ont succombé. Les autres, qui remplissaient leur fonction comme une profession, m'ont laissé une impression désagréable. Sans aucun doute, il est difficile de discipliner des enfants, et il faut pour cela une main de fer ; ici il n'y a pas le choix : ou bien les élèves sont les tyrans des surveillants ou bien les surveillants sont les tyrans des élèves. En réalité, le rôle de geôlier armé de la férule n'est pas très attrayant. Je ne peux donner ici le portrait complet du surveillant, ce pauvre homme, cruel et pitoyable, chez lequel le moindre bobo éveille la haine et qui apparaît à la fois en victime et en bourreau ; cette existence, c'est un abîme de peine et de méchanceté, une confusion de tous les sentiments humains, bons et mauvais ; il faudrait analyser longuement la situation de cet homme pour être équitable envers lui. Je me souviens de nos surveillants. L'un venait du personnel enseignant d'une petite école. Il était maigre, avec des manières d'abbé, amateur de tabac à priser, il supportait avec abnégation toutes les moqueries de son groupe. Il y en avait un autre, très grand, sale, perdant ses cheveux partout, qui nous menaçait de nous rouer tous de coups. Il y en avait encore un autre, froid, blanc comme un linge, les dents serrées ; il ne parlait que par monosyllabes et nous le craignions terriblement. Un autre encore : bon garçon, mais emporté et si capricieux qu'il était impossible de le contenter : on ne savait jamais avec lui s'il allait rire ou non. Je ne parle pas des trois ou quatre surveillants corses, nous les tenions pour de simples brigands.

Les maîtres avaient une autre position : il s'agissait pour eux de faire quatre heures de cours par jour et ils n'avaient pas d'autre rapport avec les élèves. En général il y a rarement un antagonisme entre le maître et sa classe : l'instituteur n'est pas un geôlier. J'en ai connu seulement un qui fut malheureux ; il était trop bon. Les autres se cantonnaient dans leur hauteur, se liaient d'amitié avec les élèves studieux et se contentaient du respect des paresseux. Dans une classe de quarante élèves, cela se passait par exemple ainsi : une dizaine de garçons travaillaient sérieusement et régulièrement ; il y en avait autant qui travaillaient suivant leur inspiration quand leur en venait l'envie et vingt qui ne faisaient strictement rien. Peu à peu le professeur oubliait ces derniers, résolument relégués sur les bancs du fond et qu'on punissait quelquefois pour la forme. Toute son attention se concentrait sur les autres et grâce à cet ordre de choses une bonne moitié du collège était condamnée à une perdition certaine. Si on le reprochait aux maîtres, ils se justifiaient en disant qu'ils ne pouvaient accroître l'intelligence et que, d'autre part, ils ne pouvaient pas consacrer tout leur temps à lutter contre la mauvaise volonté des uns et la bêtise des autres. On les paie mal et pour si peu ils n'ont pas à se casser la tête.

En province le niveau intellectuel des maîtres est assez bas. Ils se laissent aller à la routine classique et ne savent rien de plus. La machine fonctionne et elle marche aujourd'hui parce qu'elle marchait hier. Les programmes qui ont été établis sont remplis avec une exactitude digne d'un meilleur emploi. Pour être plus clair, je vous parlerai d'un professeur exceptionnel, dont je me souviens. Il venait de Paris, il me semble. On lui donna dans notre collège la classe de troisième. Je ne peux pas, encore maintenant, oublier notre étonnement quand il commença à nous parler des poètes contemporains, Victor Hugo, Musset, Lamartine. S'il nous avait parlé des poètes de la lune, il ne nous aurait pas ébahis davantage. Il connaissait, en outre, une quantité de choses, prenait quelquefois comme thème des vers de Virgile ou d'Horace, et les interprétait, en donnant différents commentaires. En un mot, il mit en pièces le programme et apporta dans l'enseignement quelque chose de vivant. Nous l'aimions beaucoup. Les autres ne lui ressemblaient en rien. Ils avaient grisonné en rabâchant leurs propres connaissances et ils nous instruisaient de la façon dont vraisemblablement on avait dû instruire nos grands-pères. Dans leur tête erraient trois ou quatre idées sur lesquelles ils vivaient d'octobre à juillet. Emmurés dans leur petite ville, ils savaient à peine ce qui se passait autour d'eux ; c'est de là que venait le bas niveau de leur développement intellectuel.

Mais, malgré cela, les professeurs dont je me souviens étaient des gens remarquables. On ne peut leur reprocher que l'étroitesse de leur horizon et leur soumission aveugle aux programmes. En fin de compte ils n'étaient pas coupables : la discipline exigeait cette soumission puisque le ministère était inflexible sur les programmes et qu'il n'était pas sans danger d'en sortir. Beaucoup de jeunes maîtres, sous le second Empire, furent congédiés parce qu'ils avaient lu Victor Hugo et qu'ils communiquaient leurs connaissances sur la vie contemporaine. L'esprit de notre enseignement tend à l'engourdissement de la science. On comprend que les maîtres, après quelques années de pratique, tombent en léthargie. Si un autre apporte avec lui l'amour du beau raisonnement et de la belle parole, s'il tente une expérience nouvelle, la question du pain se dressera alors devant lui : il faut se rendre et l'homme commencera à s'endormir. On exige des instituteurs qu'ils soient comme des horloges qui sonneraient la même chose en même temps dans toute la France ; il faut devenir pour cela un mécanisme qui reçoit l'impulsion à partir d'un centre, et nos maîtres représentent ce mécanisme. Par suite d'une longue pratique, ils acquièrent, surtout en province, le comportement lourd des gens qui tournent toujours dans le même cercle, comme des chevaux au manège. Leur visage est pâle et fatigué, avec une expression de prudence lasse et distraite. En contact permanent avec le seul monde de l'enfance, ils retrouvent eux-mêmes une sorte d'enfance. Tout chez eux prend une teinte spéciale et on peut reconnaître un professeur à son chapeau, à sa redingote et à son plastron. Il faut les saluer avec un respect particulier parce que ce sont de pauvres gens.

Bien sûr, tous les professeurs ne sont pas du même calibre. Il y en a deux qui me reviennent en mémoire avec un relief particulier ; l'un était professeur de sixième, l'autre de seconde. Le premier, je suppose, avait été autrefois confiseur. Du moins, son fils tenait dans la ville une des confiseries les plus à la mode. Il avait l'apparence d'un notaire de village, grassouillet et courtaud. Il portait une redingote qui lui battait les talons. Il avait une tête carrée entourée d'une barbiche grise et raide ; sur le nez, de grosses lunettes dont il ne se servait apparemment pas puisqu'il regardait toujours par-dessus ou par-dessous. Ce n'était pas un méchant homme mais un grincheux insupportable, toujours de la plus mauvaise humeur et ne riant jamais. Pour lui, le monde s'arrêtait aux limites du collège ; il veillait fermement au programme et n'en sortait pas d'un pouce. Il nourrissait à mon égard une haine mortelle, parce qu'un jour, alors que je ne savais pas ma leçon de grammaire grecque, je me risquai à lui expliquer, avec la franchise de l'écolier, que le grec ne servait à rien dans la vie. Je ne sais où j'avais pris cela. Mais notre pédagogue monta sur ses ergots d'une manière incroyable et me persécuta toute l'année pour ma malheureuse réflexion. Sa conviction semblait être que tous ceux qui ne croyaient pas à l'utilité du grec étaient condamnés à devenir avec le temps des gredins.

L'autre, professeur de seconde, était de haute taille, maigre et enclin à l'ironie. Il connaissait Paris où il avait terminé ses études de droit. Mais il avait plus de soixante-dix ans et c'était pour ainsi dire le Paris du début du siècle qu'il connaissait ; et il était resté fidèle à l'esprit du temps de sa jeunesse. Bien sûr, à côté de l'autre professeur, il était beaucoup plus subtil ; mais cette subtilité donnait l'impression d'une aiguille émoussée. Il haïssait particulièrement la poésie. Dans les années trente, il avait bien entendu pris position contre les romantiques, et les avait tournés en ridicule. Il aimait à rappeler un de ses bons mots ; s'il avait écrit des vers, il se serait alors borné à un seul ; le fait est qu'il méprisait la rime. Il racontait souvent qu'il avait compté les épithètes dans *Le Feu du ciel*, un poème des *Orientales* de Victor Hugo, et il déclarait solennellement que leur nombre atteignait trente. Sa critique n'allait pas plus loin que cela. Avec les élèves, il était presque insolent ; il les punissait avec délectation et se permettait les plaisanteries les plus cruelles. Je me demande encore maintenant quel homme c'était ; il ressemblait à un sceptique qui ne croyait pas lui-même à ce qu'il enseignait, qui aimait la vie et la liberté et se vengeait sur les élèves de l'existence odieuse qui était la sienne. Mais c'était peut-être simplement de l'ambition ratée ; il rêvait d'une chaire à Paris et il se trouvait pour toujours en province.

D'autres silhouettes se dressent devant moi. Voici un petit vieillard, bourré de latin, comme un polichinelle de son, doté d'une voix grêle et d'un visage ridicule qu'il semblait avoir emprunté à quelque farce italienne. Il était très fort en étymologie et préparait depuis déjà trente ans, à ce qu'on disait, un dictionnaire qui n'a jamais vu le jour. Il y avait encore un jeune homme grand et beau au sujet duquel circulaient beaucoup de légendes polissonnes ; on disait que toutes les bonnes d'enfants de la ville étaient amoureuses de lui ; nous aussi, nous l'aimions, mais nous le craignions à mourir parce qu'il nous disait « tu » et menaçait toujours de nous étrangler. Je me souviens encore d'un autre, très rond mais hautain, avec un très grand nez. Il gardait toujours sa dignité et en fin de compte c'était un homme admirable. Enfin, nous avons eu aussi un professeur d'une très grande délicatesse d'âme, mais un peu sourd ; nous lui avons joué des tours impossibles, basés sur le fait qu'il n'entendait que d'une oreille.

Je parlerai brièvement de l'administration du collège. Le directeur gérait tout l'établissement. Il venait de Paris et rêvait à diverses améliorations. Mais cela ne s'est pas réalisé. Il a laissé derrière lui le souvenir d'un gaspilleur et des dettes épouvantables. Sa femme était orgueilleuse et despotique. Ses deux filles, habillées à la mode de Paris, étaient l'objet de notre étonnement. Il donnait des dîners et se ruina en fêtes. Après lui venait le censeur qui le secondait. C'était un homme froid et qui semblait avoir été mordu ; on disait de lui qu'il avait été à l'asile et qu'il était guéri – pas tout à fait. Quand il s'animait quelque peu, on éprouvait le besoin de se sauver à toutes jambes. Il y avait encore un intendant mais nous n'avions pas affaire à lui. Le personnage le plus important, après tous ceux que j'ai évoqués était le concierge : c'est lui qui avait les clés du paradis. Il toussait, et il mourut par la suite de la phtisie. La lingerie et l'infirmerie étaient dirigées par des sœurs. Je me souviens d'une d'entre elles, jeune et charmante avec un doux visage aux traits fins, que bordait modestement le voile. Quand elle se montrait dans l'école, tous les élèves la regardaient bouche bée. Je suis sûr que, pour nous tous, elle était la première femme dont nous étions amoureux.

Tel était le personnel du collège. Je vais parler maintenant de nos occupations scolaires.

J'ai déjà dit que notre enseignement était, par son contenu, engourdissant. Encore maintenant nous nous en tenons aux classiques et, de toute la vie de l'humanité, il ne nous est permis d'étudier que cinq ou six siècles dont sont soigneusement exclues les époques prétendues barbares, au nombre desquelles on rejette notre propre époque. Là était toute notre force et toute notre faiblesse : nous étions dans l'ensemble de bons latinistes et hellénistes, nous étions brillants en grammaire et gavés d'une littérature pleine de retenue et de perfection. Mais d'un autre côté nous étions d'une ignorance crasse en histoire et surtout en géographie, justement parce que ces sciences touchent de trop près au monde vivant. Mais là où se manifestait avec force la haine pour l'actualité vivante, c'était justement dans le profond mépris où l'on tient chez nous l'enseignement des langues étrangères. L'italien et l'espagnol étaient considérés comme des objets d'amusement, et étaient laissés aux jeunes filles. On estimait que l'anglais et l'allemand étaient des langues de boutiques et d'ateliers que l'on abandonnait aux commerçants et artisans. Il est vrai que nos récents malheurs ont ébranlé quelque peu les vieux programmes des écoles. Nous ressentons la nécessité de nous tenir au courant de l'évolution de la vie. Mais quelle leçon a-t-il fallu pour nous faire entendre raison !

Je le répète, l'esprit classique prédomine encore maintenant en France. Bien sûr les programmes ont été soumis ces derniers temps à de notables modifications, la partie scientifique par exemple s'agrandit chaque jour. Certains collèges ont même donné l'avantage à l'enseignement scientifique sur l'enseignement classique. C'est là qu'est la semence de notre force future. En généralisant, je peux caractériser ainsi l'enseignement en France : jusqu'à présent il a été plus brillant que solide. Mais c'est un trait de notre caractère national. Nous avons l'esprit vif : il se saisit de tout et y laisse son empreinte, d'où notre culture à la fois brillante et superficielle. Nous nous emparons de tout, nous nous enthousiasmons pour le beau, nous devinons même ce que nous ne connaissons pas en réalité. Seulement, il ne faut pas nous entraîner plus avant, parce que alors se révèle notre ignorance cachée sous la profusion des idées et des mots. Tout cela est parfois très subtil, délicat, magnifique et quelquefois c'est extraordinairement vide. Nous sommes par excellence des artistes, mais rarement de vrais savants. Si on nous compare à nos voisins qui ont le cerveau bourré d'un nombre considérable de connaissances, qui mesurent leur crâne comme un tonneau, à la capacité du savoir, on comprendra alors aussitôt la nature de notre enseignement et, résultant de cet enseignement, la fleur du génie français qui s'épanouit peut-être un peu fragile mais fraîche, vivante et étonnamment logique dans tout son éclat. Je pense qu'une nation ne doit pas s'opposer à son génie et c'est pourquoi je n'approuverais pas en France la suppression totale et soudaine du système scolaire qui s'est maintenu pendant des siècles. Nous ne pouvons un beau matin oublier notre origine latine. Qu'on conserve les langues mortes ! Elles servent à s'exercer pour acquérir l'art d'écrire et de penser élégamment. Mais ces langues mortes ne doivent pas régner sans partage, et maintenant vient même l'heure où il est nécessaire de donner plus de place aux langues vivantes, à l'histoire et à la géographie. Les sciences (mathématiques et physiques) ont déjà conquis leur domaine. Le nouvel esprit du siècle pénétrera de lui-même dans le corps enseignant et le vivifiera peu à peu.

Dans notre collège on négligeait complètement les arts. Je ne me rappelle pas si nous avions un professeur de danse. En France, les maîtres de danse ne sont pas à la mode, en général. Il n'y a que les jeunes filles qui suivent leurs cours. Les jeunes gens apprennent à danser dans les bals publics, qu'ils fréquentent pendant les cours de droit ; étrange école où tout l'art consiste à savoir tourner du talon et à envoyer son pied sous le nez de sa dame. La musique n'était pas non plus à notre programme. Deux professeurs de musique venaient chez nous, l'un pour le piano, l'autre pour le violon et les instruments à vent. Une douzaine d'écoliers, environ, exprimèrent le désir de prendre des cours particuliers avec eux. Cependant la musique était en grand honneur chez nous, parce que le directeur avait eu l'idée de nous emmener promener en musique les jeudis et les dimanches. Cette innovation agita toute la ville. Tout le monde affluait à nos promenades et les gamins des rues nous suivaient. Alors, tous les élèves auraient voulu être les musiciens ; ceux-ci jouissaient en plus de certains privilèges. Mais toute cette entreprise ne semblait pas viable et tout fut très vite abandonné. Nos programmes accordaient une toute petite place à un seul art, le dessin : une heure par semaine. Mais personne ne prêtait attention à ce cours : la majorité des élèves ne pouvait même pas dessiner un nez ou une oreille. Le professeur s'occupait des trois ou quatre amateurs et le reste s'amusait dans la classe comme il pouvait. Au baccalauréat, on n'exigeait pas le dessin ; il n'était nécessaire que pour les écoles spécialisées comme Polytechnique ou Saint-Cyr. Voilà la raison de l'indifférence générale à l'égard du dessin.

Les exercices physiques, au collège, n'étaient pas non plus tenus en estime. Je ne parle pas de l'équitation ; mais on négligeait même la simple gymnastique. Dans mon collège on l'a introduite quand j'étais en quatrième, mais jusqu'à cette époque les élèves n'étaient pas entraînés même aux simples exercices corporels. Au début nous étions très intéressés. Aux heures de repos, nous entourions les ouvriers et les regardions de tous nos yeux aménager la salle de gymnastique. Enfin tout fut prêt et deux fois par semaine un sergent de la garnison venait nous donner des leçons. C'était un homme de petite taille, blond, avec de fines petites moustaches et des yeux bleus qui souriaient gentiment comme des yeux de fille. Il s'évertuait à faire les tours les plus difficiles avec une force et une agilité qui nous plongeaient dans la stupéfaction. Mais je dois avouer que peu d'élèves prirent goût à la gymnastique. Les deux tiers trouvèrent ces exercices trop difficiles et s'en abstinrent. Deux mois plus tard, la plus grande indulgence était pratiquée dans cette affaire : faisait de la gymnastique qui voulait. Les garçons robustes rivalisaient encore entre eux mais les autres s'asseyaient le long des murs et se chauffaient tranquillement au soleil. Un jour un petit garçon tomba du trapèze et se cassa le bras ; cela porta le coup fatal et on renvoya le sergent. On abandonna la gymnastique pour les amusements et, en été, les plus hardis utilisaient les accessoires de gymnastique pour faire les incursions, que j'ai déjà mentionnées, dans les abricotiers du jardin directorial. Notre grande passion était le bain. Nous tenions pour une grande fête le jour où on nous permettait de barboter dans la piscine qui séparait les deux cours. Elle était profonde d'un mètre, et il nous était possible d'y apprendre à nager. Parfois on nous conduisait à la rivière et on nous accordait une demi-heure pour nous baigner. C'étaient les minutes les plus triomphales de notre vie.

Il me reste encore à parler de l'enseignement religieux au collège. Dans les programmes, cet enseignement occupait une place soigneusement définie et ne pouvait s'étendre aux dépens des autres matières. On laisse aux Israélites et aux protestants le soin de s'occuper eux-mêmes de leur éducation religieuse. Les catholiques qui n'ont jamais communié ont chaque semaine un cours de catéchisme ; ceux qui ont déjà communié ont un cours hebdomadaire d'histoire religieuse. Mais ces cours ont lieu dans le laisser-aller le plus complet. Les trois quarts des élèves n'écoutent pas et n'étudient pas. C'est comme si on ne tenait pas compte des leçons de catéchisme et même les très bons élèves font semblant d'être paresseux. Les deux ou trois qui sont particulièrement bien disposés dédommagent le catéchiste de ses efforts. À vrai dire ce dernier, voyant que personne ne l'écoute, se conduit avec beaucoup de modestie et n'insiste pas. Il fait mine de ne pas remarquer l'inattention générale. En un mot, le prêtre joue au collège le même rôle qu'au régiment : on le supporte.

Le service religieux est lui aussi réduit au strict minimum et de plus il est célébré rapidement, comme une formalité dont il faut se débarrasser au plus vite. Il y a une véritable messe seulement les jours de fête. Les leçons de catéchisme sont abandonnées entièrement à la seule volonté des écoliers. Le prêtre n'est exigeant que pour la première communion : jusqu'à onze ans chaque enfant qui n'a pas fait sa première communion lui appartient. Ensuite l'écolier renouvelle sa communion deux ou trois fois dans l'année et il arrive rarement que cela dure longtemps. À peine l'élève a-t-il atteint les classes supérieures qu'il s'efforce de paraître athée. On nous conduisait en groupe à confesse ; nous ne cachions pas que tout cela nous ennuyait et, même, nous ne nous comportions pas à la chapelle avec tout le respect nécessaire. Beaucoup refusaient carrément de se confesser ; le directeur les faisait appeler, les exhortait, mais ne les punissait jamais, puisque au collège on admettait la pleine liberté de conscience. D'habitude on se débarrassait très facilement de la communion ; le matin on disait au prêtre : « Mon père, je ne me sens pas digne et je ne peux communier. » Une autre fois, pour changer, on déclarait que le matin on avait mangé une brioche par étourderie. Le prêtre, bien sûr, comprenait la supercherie, mais faisait semblant de prendre cela pour argent comptant.

C'est ainsi qu'au collège le prêtre ne jouait aucun rôle ou, du moins, son rôle était insignifiant. On comprend maintenant pourquoi les cléricaux, en France, ont mené ces derniers temps une lutte acharnée sur la question de l'enseignement religieux. Dans les écoles publiques, la jeunesse échappe entièrement aux mains des prêtres. Il faut que le clergé, pour rétablir son pouvoir, soumette les nouvelles générations. Celles-ci puisent au collège le pouvoir d'analyse et de critique. En France, l'enseignement, qui s'est depuis longtemps débarrassé de la pression cléricale, n'attend plus maintenant que l'abolition du joug du classicisme.

Pour compléter ces notes, je dirai quelques mots sur les récompenses et les punitions. À part les récompenses de fin d'année, décernées sur la base de compositions orales et écrites, il y a encore ce que nous appelons les « exemptions », listes de rémission, d'indulgence : elles dispensent des punitions, on se rachète grâce à elles ; c'est une sorte de papier-monnaie avec lequel on peut s'acquitter dans le cas où l'on est pris en faute. Ces indulgences sont accordées au premier dans les interrogations écrites ou à celui qui a les meilleures notes de la semaine, etc. On tient pour l'indulgence suprême celle contre laquelle on peut obtenir un jour de congé à la maison. Il y a, de plus, dans le parloir, un tableau d'honneur sur lequel on porte le nom des élèves qui se sont distingués. Bien qu'elle n'entraîne aucun profit, on cherche beaucoup à obtenir cette récompense, par amour-propre : là, tous les parents lisent les noms des heureux mortels. Les châtiments composent tout un arsenal assez compliqué. On ne nous fait plus mettre à genoux et la férule n'est pas permise. Tout châtiment corporel est sévèrement interdit. Mais il y a le banc des condamnés ; la punition la plus courante est de copier des vers : cent, deux cents, cinq cents et mille vers de Boileau ou de Racine à recopier. Viennent ensuite la privation de sortie, la retenue, la dictée d'une heure, pendant que les autres s'amusent ou se promènent ; la privation de grande sortie et, bien sûr, le cachot, où il faut aussi, et c'est là son côté terrible, recopier un nombre déterminé de vers ; on ramène le coupable, pour la nuit, au dortoir et, au matin, on l'enferme de nouveau pour toute la journée. Dans les cas extrêmes, par exemple les révoltes, les meneurs sont chassés définitivement, et c'est vraiment une terrible punition.

Quel beau jour que celui de la distribution des prix ! D'abord, ce jour-là, commencent les vacances ; la porte est grande ouverte et là-bas c'est la liberté ! Ensuite, c'est le jour du triomphe pour les élèves récompensés. En cette occasion, la cour est transformée en salle de réception. On construit le long d'un mur une gigantesque estrade, décorée d'un drap rouge, de guirlandes et de feuillage. Sur la table sont placées des rangées de livres à la tranche dorée. Peu à peu les familles, qui ont été invitées, prennent place. C'est le déclin d'une claire journée d'août. La musique salue l'arrivée des autorités. Le maire de la ville préside, ou bien le sous-préfet, ou encore quelque académicien qui est par hasard de passage dans notre ville. Les discours commencent, celui du professeur, du directeur, la réponse du président. Tout cela semble interminable et les enfants tremblent d'impatience. Mais voici que l'inspecteur se lève et proclame les récompenses. Alors le bruit commence, les cris, les applaudissements, la fanfare de l'orchestre. On ne voit qu'une chose : les enfants montent sur l'estrade, se dressent en tendant leurs joues roses aux lèvres parcheminées des vieux savants de l'assemblée, et se promènent sur l'estrade, avec sur la tête la couronne de laurier, qu'ils ont oublié d'enlever dans leur émotion. Voilà, l'orchestre a terminé la dernière aria, et tout se disperse. Oh ! quel jour ! Les enfants s'envolent, en nuées, pour deux mois ! Je n'ai jamais plus ressenti dans ma vie un bonheur aussi absolu.

(*Études sur la France Contemporaine*)

Émile ZOLA

Géant naturaliste heureusement débordé par sa propre puissance visionnaire, Émile Zola (1840-1902) tenta de saisir son époque dans sa totalité. Rien de ce qui était de son temps ne lui fut étranger. Il comprit très vite, dans son optique progressiste, l'enjeu social, culturel et politique que représentait l'école. Dans le troisième volume de ses *Quatre Évangiles*, intitulé *Vérité* (1903), il offre une étonnante transposition de l'affaire Dreyfus sur fond d'affrontement entre laïcs et cléricaux autour de l'école primaire. Précédemment, dans les Rougon-Macquart, il s'était longuement attardé sur les années d'apprentissage de Claude Lantier, le peintre génial, héros de *L'œuvre* (1886), son roman le plus autobiographique. Et en 1877, dans le cadre de ses *Études sur la France contemporaine*, il livrait ses souvenirs sur sa vie d'élève au collège Bourdon d'Aix-en-Provence qui reste un document de première main sur l'éducation au mitan du XIXe siècle, un plaidoyer plus que convaincant pour la laïcité en même temps qu'un beau texte nostalgique sur sa jeunesse.

Alphonse DAUDET

Gagne ta vie

Sarlande est une petite ville des Cévennes, bâtie au fond d'une étroite vallée que la montagne enserre de partout comme un grand mur. Quand le soleil y donne, c'est une fournaise ; quand la tramontane souffle, une glacière...

Le soir de mon arrivée, la tramontane faisait rage depuis le matin ; et quoiqu'on fût au printemps, le petit Chose, perché sur le haut de la diligence, sentit, en entrant dans la ville, le froid le saisir jusqu'au cœur.

Les rues étaient noires et désertes... Sur la place d'armes, quelques personnes attendaient la voiture, en se promenant de long en large devant le bureau mal éclairé.

À peine descendu de mon impériale, je me fis conduire au collège, sans perdre une minute. J'avais hâte d'entrer en fonctions.

Le collège n'était pas loin de la place ; après m'avoir fait traverser deux ou trois larges rues silencieuses, l'homme qui portait ma malle s'arrêta devant une grande maison, où tout semblait mort depuis des années.

« C'est ici », dit-il, en soulevant l'énorme marteau de la porte...

Le marteau retomba lourdement, lourdement... la porte s'ouvrit d'elle-même... Nous entrâmes.

J'attendis un moment sous le porche, dans l'ombre. L'homme posa ma malle par terre, je le payai, et il s'en alla bien vite... Derrière lui, l'énorme porte se referma lourdement, lourdement... Bientôt après, un portier somnolent, tenant à la main une grosse lanterne, s'approcha de moi.

« Vous êtes sans doute un nouveau ? » me dit-il d'un air endormi.

Il me prenait pour un élève...

« Je ne suis pas un élève du tout. Je viens ici comme maître d'étude ; conduisez-moi chez le principal... »

Le portier parut surpris ; il souleva sa casquette et m'engagea à entrer une minute dans sa loge. Pour le quart d'heure, M. le principal était à l'église avec les enfants. On me mènerait chez lui dès que la prière du soir serait terminée.

Dans la loge, on achevait de souper. Un grand beau gaillard à moustaches blondes dégustait un verre d'eau-de-vie aux côtés d'une petite femme maigre, souffreteuse, jaune comme un coing et emmitouflée jusqu'aux oreilles dans un châle fané.

« Qu'est-ce donc, monsieur Cassagne ? demanda l'homme aux moustaches.

— C'est le nouveau maître d'étude, répondit le concierge en me désignant... Monsieur est si petit que je l'avais d'abord pris pour un élève.

— Le fait est, dit l'homme aux moustaches, en me regardant par-dessus son verre, que nous avons ici des élèves plus grands et même plus âgés que monsieur... Veillon l'aîné, par exemple.

— Et Crouzat, ajouta le concierge.

— Et Soubeyrol... », fit la femme.

Là-dessus, ils se mirent à parler entre eux à voix basse, le nez dans leur vilaine eau-de-vie et me dévisageant du coin de l'œil... Au-dehors on entendait la tramontane qui ronflait et les voix criardes des élèves récitant les litanies à la chapelle.

Tout à coup une cloche sonna ; un grand bruit de pas se fit dans les vestibules.

« La prière est finie, me dit M. Cassagne en se levant ; montons chez le principal. »

Il prit sa lanterne, et je le suivis.

Le collège me sembla immense... D'interminables corridors, de grands porches, de larges escaliers avec des rampes de fer ouvragé..., tout cela vieux, noir, enfumé... Le portier m'apprit qu'avant 89 la maison était une école de marine, et qu'elle avait compté jusqu'à huit cents élèves, tous de la plus grande noblesse.

Comme il achevait de me donner ces précieux renseignements, nous arrivions devant le cabinet du principal... M. Cassagne poussa doucement une double porte matelassée, et frappa deux fois contre la boiserie.

Une voix répondit : « Entrez ! » Nous entrâmes.

C'était un cabinet de travail très vaste, à tapisserie verte. Tout au fond, devant une longue table, le principal écrivait à la lueur pâle d'une lampe dont l'abat-jour était complètement baissé.

« Monsieur le principal, dit le portier en me poussant devant lui, voici le nouveau maître qui vient pour remplacer M. Serrières.

— C'est bien », fit le principal sans se déranger.

Le portier s'inclina et sortit. Je restai debout au milieu de la pièce, tortillant mon chapeau entre mes doigts.

Quand il eut fini d'écrire, le principal se tourna vers moi, et je pus examiner à mon aise sa petite face pâlotte et sèche, éclairée par deux yeux froids, sans couleur. Lui, de son côté, releva, pour mieux me voir, l'abat-jour de la lampe et accrocha un lorgnon à son nez.

« Mais c'est un enfant ! s'écria-t-il en bondissant sur son fauteuil. Que veut-on que je fasse d'un enfant ! »

Pour le coup le petit Chose eut une peur terrible ; il se voyait déjà dans la rue, sans ressources... Il eut à peine la force de balbutier deux ou trois mots et de remettre au principal la lettre d'introduction qu'il avait pour lui.

Le principal prit la lettre, la lut, la relut, la plia, la déplia, la relut encore, puis il finit par me dire que, grâce à la recommandation toute particulière du recteur et à l'honorabilité de ma famille, il consentait à me prendre chez lui, bien que ma grande jeunesse lui fît peur. Il entama ensuite de longues déclarations sur la gravité de mes nouveaux devoirs ; mais je ne l'écoutais plus. Pour moi, l'essentiel était qu'on ne me renvoyât pas ; j'étais heureux, follement heureux. J'aurais voulu que M. le principal eût mille mains et les lui embrasser toutes.

Un formidable bruit de ferraille m'arrêta dans mes effusions. Je me retournai vivement et me trouvai en face d'un long personnage, à favoris rouges, qui venait d'entrer dans le cabinet sans qu'on l'eût entendu : c'était le surveillant général.

Sa tête penchée sur l'épaule, à l'*Ecce homo*, il me regardait avec le plus doux des sourires, en secouant un trousseau de clefs de toutes dimensions, suspendu à son index. Le sourire m'aurait prévenu en sa faveur, mais les clefs grinçaient avec un bruit terrible – frinc ! frinc ! frinc ! – qui me fit peur.

« Monsieur Viot, dit le principal, voici le remplaçant de M. Serrières qui nous arrive. »

M. Viot s'inclina et me sourit le plus doucement du monde. Ses clefs, au contraire, s'agitèrent d'un air ironique et méchant comme pour dire : « Ce petit homme-là remplacer M. Serrières ! allons donc ! allons donc ! »

Le principal comprit aussi bien que moi ce que les clefs venaient de dire, et ajouta avec un soupir : « Je sais qu'en perdant M. Serrières, nous faisons une perte presque irréparable (ici les clefs poussèrent un véritable sanglot...) : mais je suis sûr que si M. Viot veut bien prendre le nouveau maître sous sa tutelle spéciale, et lui inculquer ses précieuses idées sur l'enseignement, l'ordre et la discipline de la maison n'auront pas trop à souffrir du départ de M. Serrières. »

Toujours souriant et doux, M. Viot répondit que sa bienveillance m'était acquise et qu'il m'aiderait volontiers de ses conseils ; mais les clefs n'étaient pas bienveillantes, elles. Il fallait les entendre s'agiter et grincer avec frénésie : « Si tu bouges, petit drôle, gare à toi. »

« Monsieur Eyssette, conclut le principal, vous pouvez vous retirer. Pour ce soir encore, il faudra que vous couchiez à l'hôtel... Soyez ici demain à huit heures... Allez... »

Et il me congédia d'un geste digne.

M. Viot, plus souriant et plus doux que jamais, m'accompagna jusqu'à la porte ; mais, avant de me quitter, il me glissa dans la main un petit cahier.

« C'est le règlement de la maison, me dit-il. Lisez et méditez... »

Puis il ouvrit la porte et la referma sur moi, en agitant ses clefs d'une façon... frinc ! frinc ! frinc !

Ces messieurs avaient oublié de m'éclairer... J'errai un moment parmi les grands corridors tout noirs, tâtant les murs pour essayer de retrouver mon chemin. De loin en loin, un peu de lune entrait par le grillage d'une fenêtre haute et m'aidait à m'orienter. Tout à coup, dans la nuit des galeries, un point lumineux brilla, venant à ma rencontre... Je fis encore quelques pas ; la lumière grandit, s'approcha de moi, passa à mes côtés, s'éloigna, disparut. Ce fut comme une vision ; mais, si rapide qu'elle eût été, je pus en saisir les moindres détails.

Figurez-vous deux femmes, non, deux ombres... L'une vieille, ridée, ratatinée, pliée en deux, avec d'énormes lunettes qui lui cachaient la moitié du visage ; l'autre, jeune, svelte, un peu grêle comme tous les fantômes, mais ayant – ce que les fantômes n'ont pas en général – une paire d'yeux, très grands et si noirs, si noirs... La vieille tenait à la main une petite lampe de cuivre ; les yeux noirs, eux, ne portaient rien... Les deux ombres passèrent près de moi, rapides, silencieuses, sans me voir, et depuis longtemps elles avaient disparu que j'étais encore debout, à la même place, sous une double impression de charme et de terreur.

Je repris ma route à tâtons, mais le cœur me battait bien fort, et j'avais toujours devant moi, dans l'ombre, l'horrible fée aux lunettes marchant à côté des yeux noirs...

Il s'agissait cependant de découvrir un gîte pour la nuit ; ce n'était pas une mince affaire. Heureusement, l'homme aux moustaches, que je trouvai fumant sa pipe devant la loge du portier, se mit tout de suite à ma disposition et me proposa de me conduire dans un bon petit hôtel point trop cher, où je serais servi comme un prince. Vous pensez si j'acceptai de bon cœur.

Cet homme à moustaches avait l'air très bon enfant ; chemin faisant, j'appris qu'il s'appelait Roger, qu'il était professeur de danse, d'équitation, d'escrime et de gymnastique au collège de Sarlande, et qu'il avait servi longtemps dans les chasseurs d'Afrique. Ceci acheva de me le rendre sympathique. Les enfants sont toujours portés à aimer les soldats. Nous nous séparâmes à la porte de l'hôtel avec force poignées de main, et la promesse formelle de devenir une paire d'amis.

Et maintenant, lecteur, un aveu me reste à te faire.

Quand le petit Chose se trouva seul dans cette chambre froide, devant ce lit d'auberge inconnu et banal, loin de ceux qu'il aimait, son cœur éclata, et ce grand philosophe pleura comme un enfant. La vie l'épouvantait à présent ; il se sentait faible et désarmé devant elle, et il pleurait, il pleurait... Tout à coup, au milieu de ses larmes, l'image des siens passa devant ses yeux ; il vit la maison déserte, la famille dispersée, la mère ici, le père là-bas... Plus de toit ! plus de foyer ! et alors, oubliant sa propre détresse pour ne songer qu'à la misère commune, le petit Chose prit une grande et belle résolution : celle de reconstituer la maison Eyssette et de reconstruire le foyer à lui tout seul. Puis, fier d'avoir trouvé ce noble but à sa vie, il essuya ces larmes indignes d'un homme, d'un reconstructeur de foyer, et sans perdre une minute, entama la lecture du règlement de M. Viot, pour se mettre au courant de ses nouveaux devoirs.

Ce règlement, recopié avec amour de la propre main de M. Viot, son auteur, était un véritable traité, divisé méthodiquement en trois parties :

1° Devoirs du maître d'étude envers ses supérieurs ;

2° Devoirs du maître d'étude envers ses collègues ;

3° Devoirs du maître d'étude envers les élèves.

Tous les cas y étaient prévus, depuis le carreau brisé jusqu'aux deux mains qui se lèvent en même temps à l'étude ; tous les détails de la vie des maîtres y étaient consignés, depuis le chiffre de leurs appointements jusqu'à la demi-bouteille de vin à laquelle ils avaient droit à chaque repas.

Le règlement se terminait par une belle pièce d'éloquence, un discours sur l'utilité du règlement lui-même ; mais, malgré son respect pour l'œuvre de M. Viot, le petit Chose n'eut pas la force d'aller jusqu'au bout, et – juste au plus beau passage du discours – il s'endormit...

Cette nuit-là, je dormis mal. Mille rêves fantastiques troublèrent mon sommeil... Tantôt c'était les terribles clefs de M. Viot que je croyais entendre, frinc ! frinc ! frinc ! ou bien la fée aux lunettes qui venait s'asseoir à mon chevet et qui me réveillait en sursaut ; d'autres fois aussi les yeux noirs – oh ! comme ils étaient noirs ! – s'installaient au pied de mon lit, me regardant avec une étrange obstination...

Le lendemain, à huit heures, j'arrivai au collège. M. Viot, debout sur la porte, son trousseau de clefs à la main, surveillait l'entrée des externes. Il m'accueillit avec son plus doux sourire.

« Attendez sous le porche, me dit-il, quand les élèves seront rentrés, je vous présenterai à vos collègues. »

J'attendis sous le porche, me promenant de long en large, saluant jusqu'à terre MM. les professeurs qui accouraient, essoufflés. Un seul de ces messieurs me rendit mon salut ; c'était un prêtre, le professeur de philosophie, « un original » me dit M. Viot... Je l'aimai tout de suite, cet original-là.

La cloche sonna. Les classes se remplirent... Quatre ou cinq grands garçons de vingt-cinq à trente ans, mal vêtus, figures communes, arrivèrent en gambadant et s'arrêtèrent interdits à l'aspect de M. Viot.

« Messieurs, leur dit le surveillant général en me désignant, voici M. Daniel Eyssette, votre nouveau collègue. »

Ayant dit, il fit une longue révérence et se retira, toujours souriant, toujours la tête sur l'épaule, et toujours agitant les horribles clefs.

Mes collègues et moi nous nous regardâmes un moment en silence.

Le plus grand et le plus gros d'entre eux prit le premier la parole : c'était M. Serrières, le fameux Serrières, que j'allais remplacer.

« Parbleu ! s'écria-t-il d'un ton joyeux, c'est bien le cas de dire que les maîtres se suivent, mais ne se ressemblent pas. »

Ceci était une allusion à la prodigieuse différence de taille qui existait entre nous. On en rit beaucoup, beaucoup, moi le premier ; mais je vous assure qu'à ce moment-là, le petit Chose aurait volontiers vendu son âme au diable pour avoir seulement quelques pouces de plus.

« Ça ne fait rien, ajouta le gros Serrières en me tendant la main ; quoiqu'on ne soit pas bâti pour passer sous la même toise, on peut tout de même vider quelques flacons ensemble. Venez avec nous, collègue..., je paie un punch d'adieu au café Barbette ; je veux que vous en soyez..., on fera connaissance en trinquant. »

Sans me laisser le temps de répondre, il prit mon bras sous le sien et m'entraîna dehors.

Le café Barbette, où mes nouveaux collègues me menèrent, était situé sur la place d'armes. Les sous-officiers de la garnison le fréquentaient, et ce qui frappait en y entrant, c'était la quantité de shakos et de ceinturons pendus aux patères...

Ce jour-là, le départ de Serrières et son punch d'adieu avaient attiré le ban et l'arrière-ban des habitués... Les sous-officiers auxquels Serrières me présenta en arrivant, m'accueillirent avec beaucoup de cordialité. À vrai dire, pourtant, l'arrivée du petit Chose ne fit pas grande sensation, et je fus bien vite oublié, dans le coin de la salle où je m'étais réfugié timidement... Pendant que les verres se remplissaient, le gros Serrières vint s'asseoir à côté de moi ; il avait quitté sa redingote et tenait aux dents une longue pipe de terre sur laquelle son nom était en lettres de porcelaine. Tous les maîtres d'étude avaient, au café Barbette, une pipe comme cela.

« Eh bien, collègue, me dit le gros Serrières, vous voyez qu'il y a encore de bons moments dans le métier... En somme, vous êtes bien tombé en venant à Sarlande pour votre début. D'abord l'absinthe du café Barbette est excellente et puis, là-bas, à la boîte, vous ne serez pas trop mal. »

La boîte, c'était le collège.

« Vous allez avoir l'étude des petits, des gamins qu'on mène à la baguette. Il faut voir comme je les ai dressés ! Le principal n'est pas méchant ; les collègues sont de bons garçons : il n'y a que la vieille et le père Viot...

— Quelle vieille ? demandai-je en tressaillant.

— Oh ! vous la connaîtrez bientôt. À toute heure du jour et de la nuit, on la rencontre rôdant par le collège, avec une énorme paire de lunettes... C'est une tante du principal, et elle remplit ici les fonctions d'économe. Ah ! la coquine ! si nous ne mourons pas de faim, ce n'est pas de sa faute. »

Au signalement que me donnait Serrières, j'avais reconnu la fée aux lunettes et malgré moi je me sentais rougir. Dix fois, je fus sur le point d'interrompre mon collègue et de lui demander : « Et les yeux noirs ? » Mais je n'osai pas. Parler des yeux noirs au café Barbette !

En attendant, le punch circulait, les verres vides s'emplissaient, les verres remplis se vidaient ; c'était des toasts, des oh ! oh ! des ah ! ah ! des queues de billard en l'air, des bousculades, de gros rires, des calembours, des confidences...

Peu à peu, le petit Chose se sentit moins timide. Il avait quitté son encoignure et se promenait par le café, parlant haut, le verre à la main.

À cette heure, les sous-officiers étaient ses amis ; il raconta effrontément à l'un d'eux qu'il appartenait à une famille très riche et qu'à la suite de quelques folies de jeune homme, on l'avait chassé de la maison paternelle ; il s'était fait maître d'étude pour vivre mais il ne pensait pas rester au collège longtemps... Vous comprenez, avec une famille tellement riche !...

Ah ! si ceux de Lyon avaient pu l'entendre à ce moment-là.

Ce que c'est que de nous, pourtant ! Quand on sut au café Barbette que j'étais un fils de famille en rupture de ban, un polisson, un mauvais drôle, et non point, comme on aurait pu le croire, un pauvre garçon condamné par la misère à la pédagogie, tout le monde me regarda d'un meilleur œil. Les plus anciens sous-officiers ne dédaignèrent pas de m'adresser la parole ; on alla même plus loin : au moment de partir, Roger, le maître d'armes, mon ami de la veille, se leva et porta un toast à Daniel Eyssette. Vous pensez si le petit Chose fut fier.

Le toast à Daniel Eyssette donna le signal du départ. Il était dix heures moins le quart, c'est-à-dire l'heure de retourner au collège.

L'homme aux clefs nous attendait sur la porte.

« Monsieur Serrières, dit-il à mon gros collègue que le punch d'adieu faisait trébucher, vous allez, pour la dernière fois, conduire vos élèves à l'étude ; dès qu'ils seront entrés, M. le principal et moi nous viendrons installer le nouveau maître. »

En effet, quelques minutes après, le principal M. Viot et le nouveau maître faisaient leur entrée solennelle à l'étude.

Tout le monde se leva.

Le principal me présenta aux élèves en un discours un peu long, mais plein de dignité ; puis il se retira suivi du gros Serrières que le punch d'adieu tourmentait de plus en plus. M. Viot resta le dernier. Il ne prononça pas de discours, mais ses clefs, frinc ! frinc ! frinc ! parlèrent pour lui d'une façon si terrible, frinc ! frinc ! frinc ! si menaçante, que toutes les têtes se cachèrent sous les couvercles des pupitres et que le nouveau maître lui-même n'était pas rassuré.

Aussitôt que les terribles clefs furent dehors, un tas de figures malicieuses sortirent de derrière les pupitres ; toutes les barbes de plumes se portèrent aux lèvres, tous ces petits yeux brillants, moqueurs, effarés, se fixèrent sur moi, tandis qu'un long chuchotement courait de table en table.

Un peu troublé, je gravis lentement les degrés de ma chaise ; j'essayai de promener un regard féroce autour de moi, puis, enflant ma voix, je criai entre deux grands coups secs frappés sur la table :

« Travaillons, messieurs, travaillons ! »

C'est ainsi que le petit Chose commença sa première étude.

(*Le Petit Chose*)

Alphonse DAUDET

S'il est resté dans les mémoires comme l'archétype de l'écrivain provençal, Alphonse Daudet (1840-1897) fut aussi le peintre trop oublié aujourd'hui d'une certaine société du second Empire *(Le Nabab)* et de la bohème parisienne *(Sapho)*. Le premier des *Contes du Lundi,* « La dernière classe », qui raconte comment un instituteur d'Alsace, Monsieur Hamel, juste après la défaite de 1870, donne un ultime cours à des élèves et à leurs parents qui seront bientôt obligés de parler allemand, montre de manière très émouvante à quel point l'école et la nation sont consubstantielles. Dans *Le Petit Chose,* dont nous reproduisons ici un extrait, Alphonse Daudet a fait une large part à l'autobiographie. Il connut lui aussi des années de vache enragée en gagnant sa vie très jeune comme maître d'étude au collège d'Alès. Les affres du « pionnicat », les souffrances et les humiliations qui en sont le lot quotidien sont ici rendues avec une force et une cruauté qui viennent corriger l'image fausse d'un auteur toujours souriant. Dans *Le Petit Chose,* si l'école est un lieu où souffle l'esprit d'enfance, c'est aussi, sans jeu de mots, celui d'une féroce lutte des classes. Comme chez Jules Vallès, le pion d'Alphonse Daudet est bel et bien ce prolétaire de l'éducation à qui l'on fait payer très cher son désir de savoir et de revanche sociale.

Anatole FRANCE

Le prestige de M. l'abbé Jubal

C'est le cœur gros de crainte et d'orgueil que j'entrai en huitième préparatoire. Le professeur de cette classe, M. l'abbé Jubal, n'était pas bien terrible par lui-même ; il n'avait pas l'air d'un homme cruel ; il avait plutôt l'air d'une demoiselle. Mais il se tenait dans une grande chaire haute et noire, et cela me le rendait effrayant. Il avait la voix et le regard doux, les cheveux bouclés, les mains blanches, l'âme bienveillante. Il ressemblait à un mouton, plus peut-être qu'il n'était séant à un professeur.

Ma mère, l'ayant vu un jour au parloir, murmura : « Il est bien jeune ! » Et cela était dit d'un certain ton.

Je commençais à ne plus le craindre quand je me vis contraint de l'admirer. Cela arriva pendant que je récitais ma leçon, qui consistait en des vers de l'abbé Gauthier, sur les premiers rois de France.

Je disais chaque vers tout d'une haleine et comme s'il eût été fait d'un mot unique :

Pharamondfutdit-onlepremierdecesrois
QuelesFrancsdanslaGauleontmissurlepavois
ClodionprendCambraipuisrègneMérovée...

Là, je m'arrêtai court et répétai : *Mérovée, Mérovée, Mérovée*. Cette rime, mêlant l'utile à l'agréable, me rappela que, lorsque régna *Mérovée*, Lutèce fut *préservée*... Mais de quoi ? Il m'était bien impossible de le dire, l'ayant complètement oublié. La chose, je l'avoue, m'avait peu frappé. J'avais l'idée que Lutèce était une vieille dame. J'étais content qu'elle eût été préservée, mais ses affaires m'intéressaient en somme extrêmement peu. Malheureusement, M. l'abbé Jubal semblait tenir beaucoup à ce que je disse de quel dommage elle avait été préservée. Je faisais : « Heu... Mérovée !... heu, heu, heu. » J'aurais donné ma langue au chat pour peu que c'en eût été l'usage dans la classe de huitième préparatoire. Mon voisin Fontanet se moquait de moi, et M. Jubal se limait les ongles. Enfin :

« Des fureurs d'Attila Lutèce est préservée,

me dit-il. Puisque vous aviez oublié ce vers, monsieur Nozière, il fallait le refaire au lieu de rester court. Vous pouviez dire :

De l'invasion d'Attila Lutèce est préservée.

ou bien :

Du sombre Attila Lutèce est préservée.

ou plus élégamment :

Du fléau de Dieu Lutèce est préservée.

« On peut changer les mots pourvu qu'on respecte la mesure. »

J'eus un mauvais point ; mais M. l'abbé Jubal acquit un grand prestige à mes yeux par sa facilité poétique. Ce prestige devait croître encore.

M. Jubal, que ses fonctions attachaient à la grammaire de Noël et Chapsal et à l'*Histoire de France* de l'abbé Gauthier, ne négligeait pourtant pas l'enseignement moral et religieux.

Un jour, je ne sais à quel propos, il prit un air grave et nous dit :

« Mes enfants, s'il vous fallait recevoir un ministre, vous vous empresseriez de lui faire les honneurs de votre logis, comme à un représentant du souverain. Eh bien, quels hommages ne devez-vous pas rendre aux prêtres, qui représentent Dieu sur la terre ? Autant Dieu est au-dessus des rois, autant le prêtre est au-dessus des ministres. »

Je n'avais jamais reçu de ministre et ne comptais pas en recevoir de longtemps. J'avais même la certitude que, s'il en venait un à la maison, ma mère m'enverrait dîner, ce jour-là, avec les bonnes, comme cela se pratiquait malheureusement à chaque repas de gala. Je n'en comprenais pas moins que les prêtres sont prodigieusement respectables et, faisant à M. Jubal l'application de cette vérité, je ressentis un grand trouble. Je me rappelai avoir, en sa présence, attaché un pantin de papier dans le dos de Fontanet. Cela était-il respectueux ? Aurais-je attaché un pantin de papier dans le dos de Fontanet devant un ministre ? Assurément non. Et pourtant je l'avais attaché, ce pantin, à l'insu, il est vrai, mais en la présence de M. l'abbé Jubal, qui est au-dessus des ministres. Même il tirait la langue, le pantin ! Mon âme était éclairée. Je vécus bourrelé de remords. Ma résolution fut d'honorer M. l'abbé Jubal, et, s'il m'arriva depuis de fourrer des petits cailloux dans le cou de Fontanet pendant la classe et de dessiner des bonshommes sur la chaire même de l'abbé Jubal, je le fis du moins avec la satisfaction de connaître toute l'étendue de ma faute.

Il me fut donné, à quelque temps de là, de mesurer la grandeur spirituelle de M. l'abbé Jubal.

J'étais dans la chapelle, attendant avec deux ou trois camarades mon tour de me confesser. Le jour baissait. La lueur de la lampe perpétuelle faisait trembler les étoiles d'or de la voûte assombrie. Au fond du chœur, la Vierge peinte s'effaçait dans le vague d'une apparition. L'autel était chargé de vases dorés, pleins de fleurs ; une odeur d'encens flottait dans l'air ; on entrevoyait confusément mille choses, et l'ennui, l'ennui même, ce grand mal des enfants, prenait une teinte douce dans l'atmosphère de cette chapelle. Il me semblait que, du côté de l'autel, elle touchait au paradis.

Le jour était tombé. Tout à coup je vis M. l'abbé Jubal s'avancer avec une lanterne jusqu'au chœur. Il fit une génuflexion profonde, puis, ouvrant la grille, il monta les degrés de l'autel. Je l'observais : il défit un paquet d'où sortirent des guirlandes de fleurs artificielles, qui ressemblaient à ces thyrses de cerises qu'au mois de juillet de vieilles femmes nous vendaient dans les rues. Et je m'émerveillai de voir mon professeur s'approcher de l'Immaculée Conception. Vous mîtes une pincée de pointes dans votre bouche, monsieur l'abbé ; je craignis d'abord que ce ne fût pour les avaler, mais c'était pour les tenir à portée de votre main. Car vous montâtes sur un escabeau et vous commençâtes à clouer les guirlandes autour de la niche de la sainte Vierge. Mais vous descendiez de temps en temps de votre escabeau pour juger à distance de l'effet de votre ouvrage, et vous en étiez content ; vos joues étaient rouges, votre œil était clair ; vous eussiez souri, sans les pointes que vous teniez entre vos dents. Et moi, je vous admirais de tout mon cœur. Et, bien que la lanterne qui était à terre vous éclairât les narines d'une façon comique, je vous trouvais très beau. Je compris que vous étiez au-dessus des ministres, comme vous nous l'aviez insinué dans un discours habile. Je pensai que monter tout empanaché sur un cheval blanc pour gagner une bataille n'était pas une chose aussi belle et désirable que de suspendre des guirlandes aux murs d'une chapelle. Je connus que ma vocation était de vous imiter.

Je vous imitai dès le soir même à la maison, en découpant avec les ciseaux de ma mère tout le papier que je pus trouver et dont je fis des guirlandes. Mes devoirs en souffrirent. Mon exercice français en souffrit notamment dans des proportions considérables.

C'était un exercice d'après le manuel d'un M. Coquempot, dont le livre était un livre cruel. Je n'ai point de rancune, et, si cet auteur avait eu un nom moins mémorable, je l'aurais généreusement oublié. Mais on n'oublie pas Coquempot. Je ne veux pas abuser contre lui de cette circonstance fortuite. Pourtant qu'il me soit permis de m'étonner qu'il faille faire des exercices si douloureux pour apprendre une langue qu'on nomme maternelle et que ma mère m'apprenait fort bien, seulement en causant devant moi. Car elle parlait à ravir, ma mère !

Mais M. l'abbé Jubal était pénétré de l'utilité de Coquempot, et, comme il ne pouvait entrer dans mes raisons, il me donna un mauvais point. L'année scolaire s'acheva sans incident notable. Fontanet se mit à élever des chenilles dans son pupitre. Alors j'en élevai aussi par amour-propre, bien qu'elles me fissent horreur. Fontanet haïssait Coquempot, cette haine nous réunit. Au seul nom de Coquempot, nous échangions sur nos bancs des regards d'intelligence et des grimaces expressives. Cela nous vengeait. Fontanet me confia que, si l'on faisait encore du Coquempot en huitième, il s'engageait comme mousse sur un grand navire. Cette résolution me plut et je promis à Fontanet de m'engager avec lui. Nous nous jurâmes amitié.

Le jour de la distribution des prix, nous étions méconnaissables, Fontanet et moi. Cela tenait, sans doute, à ce que nous étions peignés. Nos vestes neuves, nos pantalons blancs, la tente de coutil, l'affluence des parents, l'estrade ornée de drapeaux, tout cela m'inspirait l'émotion des grands spectacles. Les livres et les couronnes formaient un amas éclatant dans lequel je cherchais anxieusement à deviner ma part, et je frissonnais sur mon banc. Mais Fontanet, plus sage, n'interrogeait pas la destinée. Il gardait un calme admirable. Tournant dans tous les sens sa petite tête de furet, il remarquait les nez difformes des pères et les chapeaux ridicules des mères, avec une présence d'esprit dont j'étais incapable.

La musique éclata. Le directeur, ayant sur sa soutane le petit manteau de cérémonie, parut sur l'estrade au côté d'un général en grand uniforme et à la tête des professeurs. Je les reconnus tous. Ils prirent place, selon leur rang, derrière le général : d'abord le sous-directeur, puis les professeurs des hautes classes ; puis M. Schuwer, professeur de solfège ; M. Trouillon, professeur d'écriture, et le sergent Morin, professeur de gymnastique. M. l'abbé Jubal parut le dernier et s'assit tout au fond sur un pauvre petit tabouret qui, faute de place, ne posait que de trois pieds sur l'estrade et crevait la toile avec le quatrième. Encore M. l'abbé Jubal ne put-il garder longtemps cette humble place. Des nouveaux venus le refoulèrent dans un coin où il disparut sous un drapeau. On mit une table sur lui et ce fut tout. Fontanet s'amusa beaucoup de cette suppression. Pour moi, j'étais confondu qu'on laissât ainsi dans un coin, comme une canne ou un parapluie, une personne qui excellait dans les fleurs et la poésie et représentait Dieu sur la terre.

(*Le Livre de mon ami*)

Anatole FRANCE

Les écrivains ont parfois des postérités paradoxales. Anatole France (1844-1924) fut de son vivant considéré comme le plus grand écrivain français. Académicien, prix Nobel, défenseur des valeurs laïques et socialistes, il servit même de modèle à Proust pour Bergotte, l'écrivain adulé par le narrateur de la *Recherche du temps perdu*. Néanmoins, juste après sa mort, il fut l'objet d'une attaque féroce des surréalistes qui organisèrent son « procès » posthume dont ils publièrent les minutes sous le titre « *Avez-vous déjà giflé un cadavre ?* » Il est vrai qu'Anatole France, avec sa prose d'une clarté toute classique et son scepticisme souriant et humaniste n'incarnait pas vraiment, aux yeux de Breton et de ses comparses, la modernité d'un imaginaire bouleversé par la psychanalyse et la Première Guerre mondiale. Il serait dommage, pourtant, d'oublier et de renier aujourd'hui cette œuvre d'avant les carnages industriels, qui compte au moins un grand roman d'amour désabusé et élégant, *Le Lys rouge*, et des souvenirs d'enfance lumineux, comme ce *Livre de mon ami*, où l'éducation d'un petit garçon se fait entre les bons maîtres du collège Stanislas et les bouquinistes du quai Malaquais.

Guy de MAUPASSANT

La question du latin

Cette question du latin, dont on nous abrutit depuis quelque temps, me rappelle une histoire, une histoire de ma jeunesse.

Je finissais mes études chez un marchand de soupe, d'une grande ville du Centre, à l'institution Robineau, célèbre dans toute la province par la force des études latines qu'on y faisait.

Depuis dix ans, l'institution Robineau battait, à tous les concours, le lycée impérial de la ville et tous les collèges des sous-préfectures, et ses succès constants étaient dus, disait-on, à un pion, un simple pion, M. Piquedent, ou plutôt le père Piquedent.

C'était un de ces demi-vieux tout gris, dont il est impossible de connaître l'âge et dont on devine l'histoire à première vue. Entré comme pion à vingt ans dans une institution quelconque, afin de pouvoir pousser ses études jusqu'à la licence ès lettres d'abord, et jusqu'au doctorat ensuite, il s'était trouvé engrené de telle sorte dans cette vie sinistre qu'il était resté pion toute sa vie. Mais son amour pour le latin ne l'avait pas quitté et le harcelait à la façon d'une passion malsaine. Il continuait à lire les poètes, les prosateurs, les historiens, à les interpréter, à les pénétrer, à les commenter, avec une persévérance qui touchait à la manie.

Un jour, l'idée lui vint de forcer tous les élèves de son étude à ne lui répondre qu'en latin ; et il persista dans cette résolution, jusqu'au moment où ils furent capables de soutenir avec lui une conversation entière comme ils l'eussent fait dans leur langue maternelle.

Il les écoutait ainsi qu'un chef d'orchestre écoute répéter ses musiciens, et à tout moment frappant son pupitre de sa règle :

« Monsieur Lefrère, monsieur Lefrère, vous faites un solécisme ! Vous ne vous rappelez donc pas la règle ?... »

« Monsieur Plantel, votre tournure de phrase est toute française et nullement latine. Il faut comprendre le génie d'une langue. Tenez, écoutez-moi... »

Or il arriva que les élèves de l'institution Robineau emportèrent, en fin d'année, tous les prix de thème, version et discours latins.

L'an suivant, le patron, un petit homme rusé comme un singe, dont il avait d'ailleurs le physique grimaçant et grotesque, fit imprimer sur ses programmes, sur ses réclames et peindre sur la porte de son institution :

« Spécialités d'études latines. – Cinq premiers prix remportés dans les cinq classes du lycée.

« Deux prix d'honneur au Concours général avec tous les lycées et collèges de France. »

Pendant dix ans l'institution Robineau triompha de la même façon. Or, mon père, alléché par ces succès, me mit comme externe chez ce Robineau que nous appelions Robinetto ou Robinettino, et me fit prendre des répétitions spéciales avec le père Piquedent, moyennant cinq francs l'heure, sur lesquels le pion touchait deux francs et le patron trois francs. J'avais alors dix-huit ans, et j'étais en philosophie.

Ces répétitions avaient lieu dans une petite chambre qui donnait sur la rue. Il advint que le père Piquedent, au lieu de me parler latin, comme il faisait à l'étude, me raconta ses chagrins en français. Sans parents, sans amis, le pauvre bonhomme me prit en affection et versa dans mon cœur sa misère.

Jamais depuis dix ou quinze ans il n'avait causé seul à seul avec quelqu'un.

« Je suis comme un chêne dans un désert, disait-il. *Sicut quercus in solitudine.* »

Les autres pions le dégoûtaient ; il ne connaissait personne en ville, puisqu'il n'avait aucune liberté pour se faire des relations.

« Pas même les nuits, mon ami, et c'est le plus dur pour moi. Tout mon rêve serait d'avoir une chambre avec mes meubles, mes livres, de petites choses qui m'appartiendraient et auxquelles les autres ne pourraient pas toucher. Et je n'ai rien à moi, rien que ma culotte et ma redingote, rien, pas même mon matelas et mon oreiller ! Je n'ai pas quatre murs où m'enfermer, excepté quand je viens pour donner une leçon dans cette chambre. Comprenez-vous ça, vous, un homme qui passe toute sa vie sans avoir jamais le droit, sans trouver jamais le temps de s'enfermer tout seul, n'importe où, pour penser, pour réfléchir, pour travailler, pour rêver ? Ah ! mon cher, une clef, la clef d'une porte qu'on peut fermer, voilà le bonheur, le voilà, le seul bonheur !

« Ici, pendant le jour, l'étude avec tous ces galopins qui remuent, et, pendant la nuit le dortoir avec ces mêmes galopins, qui ronflent. Et je dors dans un lit public au bout des deux files de ces lits de polissons que je dois surveiller. Je ne peux jamais être seul, jamais ! Si je sors, je trouve la rue pleine de monde, et quand je suis fatigué de marcher, j'entre dans un café plein de fumeurs et de joueurs de billard. Je vous dis que c'est un bagne. »

Je lui demandais :

« Pourquoi n'avez-vous pas fait autre chose, monsieur Piquedent ? »

Il s'écriait :

« Et quoi, mon petit ami, quoi ? Je ne suis ni bottier, ni menuisier, ni chapelier, ni boulanger, ni coiffeur. Je ne sais que le latin, moi, et je n'ai pas de diplôme qui me permette de le vendre cher. Si j'étais docteur, je vendrais cent francs ce que je vends cent sous ; et je le fournirais sans doute de moins bonne qualité, car mon titre suffirait à soutenir ma réputation. »

Parfois il me disait :

« Je n'ai de repos dans la vie que les heures passées avec vous. Ne craignez rien, vous n'y perdrez pas. À l'étude, je me rattraperai en vous faisant parler deux fois plus que les autres. »

Un jour je m'enhardis, et je lui offris une cigarette. Il me contempla d'abord avec stupeur, puis il regarda la porte :

« Si on entrait, mon cher !

— Eh bien, fumons à la fenêtre », lui dis-je.

Et nous allâmes nous accouder à la fenêtre sur la rue en cachant au fond de nos mains arrondies en coquille les minces rouleaux de tabac.

En face de nous était une boutique de repasseuses : quatre femmes en caraco blanc promenaient sur le linge étalé devant elles, le fer lourd et chaud qui dégageait une buée.

Tout à coup une autre, une cinquième, portant au bras un large panier qui lui faisait plier la taille, sortit pour aller rendre aux clients leurs chemises, leurs mouchoirs et leurs draps. Elle s'arrêta sur la porte comme si elle eût été fatiguée déjà ; puis elle leva les yeux, sourit en nous voyant fumer, nous jeta, de sa main restée libre, un baiser narquois d'ouvrière insouciante ; et elle s'en alla d'un pas lent, en traînant ses chaussures.

C'était une fille de vingt ans, petite, un peu maigre, pâle, assez jolie, l'air gamin, les yeux rieurs sous des cheveux blonds mal peignés.

Le père Piquedent, ému, murmura :

« Quel métier, pour une femme ! Un vrai métier de cheval. »

Et il s'attendrit sur la misère du peuple. Il avait un cœur exalté de démocrate sentimental et il parlait des fatigues ouvrières avec des phrases de Jean-Jacques Rousseau et des larmoiements dans la gorge.

Le lendemain, comme nous étions accoudés à la même fenêtre, la même ouvrière nous aperçut et nous cria : « Bonjour les écoliers ! » d'une petite voix drôle, en nous faisant la nique avec ses mains.

Je lui jetai une cigarette, qu'elle se mit aussitôt à fumer. Et les quatre autres repasseuses se précipitèrent sur la porte, les mains tendues, afin d'en avoir aussi.

Et, chaque jour, un commerce d'amitié s'établit entre les travailleuses du trottoir et les fainéants de la pension.

Le père Piquedent était vraiment comique à voir. Il tremblait d'être aperçu, car il aurait pu perdre sa place, et il faisait des gestes timides et farces, toute une mimique d'amoureux sur la scène, à laquelle les femmes répondaient par une mitraille de baisers.

Une idée perfide me germait dans la tête. Un jour, en entrant dans notre chambre, je dis, tout bas, au vieux pion :

« Vous ne croiriez pas, monsieur Piquedent, j'ai rencontré la petite blanchisseuse ! Vous savez bien, celle au panier, et je lui ai parlé ! »

Il demanda, un peu troublé par le ton que j'avais pris :

« Que vous a-t-elle dit ?

— Elle m'a dit... mon Dieu... elle m'a dit... qu'elle vous trouvait très bien... Au fond, je crois... je crois... qu'elle est un peu amoureuse de vous... »

Je le vis pâlir ; il reprit :

« Elle se moque de moi, sans doute. Ces choses-là n'arrivent pas à mon âge. »

Je dis gravement :

« Pourquoi donc ? Vous êtes très bien ! »

Comme je le sentais touché par ma ruse, je n'insistai pas.

Mais, chaque jour, je prétendis avoir rencontré la petite et lui avoir parlé de lui ; si bien qu'il finit par me croire et par envoyer à l'ouvrière des baisers ardents et convaincus.

Or, il arriva qu'un matin, en me rendant à la pension, je la rencontrai vraiment. Je l'abordai sans hésiter comme si je la connaissais depuis dix ans.

« Bonjour, mademoiselle. Vous allez bien ?

— Fort bien, monsieur, je vous remercie.

— Voulez-vous une cigarette ?

— Oh ! pas dans la rue.

— Vous la fumerez chez vous.

— Alors, je veux bien.

— Dites donc, mademoiselle, vous ne savez pas ?

— Quoi donc, monsieur ?

— Le vieux, mon vieux professeur...

— Le père Piquedent ?

— Oui, le père Piquedent. Vous savez donc son nom ?

— Parbleu ! Eh bien ?

— Eh bien, il est amoureux de vous ! »

Elle se mit à rire comme une folle et s'écria :

« C'te blague !

— Mais non, ce n'est pas une blague. Il me parle de vous tout le temps des leçons. Je parie qu'il vous épousera, moi ! »

Elle cessa de rire. L'idée du mariage rend graves toutes les filles. Puis elle répéta incrédule :

« C'te blague !

— Je vous jure que c'est vrai. »

Elle ramassa son panier posé devant ses pieds :

« Eh bien ! nous verrons », dit-elle.

Et elle s'en alla.

Aussitôt entré à la pension, je pris à part le père Piquedent :

« Il faut lui écrire ; elle est folle de vous. »

Et il écrivit une longue lettre doucement tendre, pleine de phrases et de périphrases, de métaphores et de comparaisons, de philosophie et de galanterie universitaire, un vrai chef-d'œuvre de grâce burlesque, que je me chargeai de remettre à la jeune personne.

Elle la lut avec gravité, avec émotion, puis elle murmura :

« Comme il écrit bien ! On voit qu'il a reçu de l'éducation ! C'est-il vrai qu'il m'épouserait ? »

Je répondis intrépidement :

« Parbleu ! Il en perd la tête.

— Alors il faut qu'il m'invite à dîner dimanche à l'île des Fleurs. »

Je promis qu'elle serait invitée.

Le père Piquedent fut très touché de tout ce que je lui racontai d'elle.

J'ajoutai :

« Elle vous aime, monsieur Piquedent ; et je la crois une honnête fille. Il ne faut pas la séduire et l'abandonner ensuite ! »

Il répondit avec fermeté :

« Moi aussi je suis un honnête homme, mon ami. »

Je n'avais, je l'avoue, aucun projet. Je faisais une farce, une farce d'écolier, rien de plus. J'avais deviné la naïveté du vieux pion, son innocence et sa faiblesse. Je m'amusais sans me demander comment cela tournerait. J'avais dix-huit ans, et je passais pour un madré farceur, au lycée, depuis longtemps déjà.

Donc il fut convenu que le père Piquedent et moi partirions en fiacre jusqu'au bac de la Queue-de-Vache, nous y trouverions Angèle, et je les ferais monter dans mon bateau, car je canotais en ce temps-là. Je les conduirais ensuite à l'île des Fleurs, où nous dînerions tous les trois. J'avais imposé ma présence, pour bien jouir de mon triomphe, et le vieux, acceptant ma combinaison, prouvait bien qu'il perdait la tête en effet en exposant ainsi sa place.

Quand nous arrivâmes au bac, où mon canot était amarré depuis le matin, j'aperçus dans l'herbe, ou plutôt au-dessus des hautes herbes de la berge, une ombrelle rouge énorme, pareille à un coquelicot monstrueux. Sous l'ombrelle nous attendait la petite blanchisseuse endimanchée. Je fus surpris ; elle était vraiment gentille, bien que pâlotte, et gracieuse, bien que d'allure un peu faubourienne.

Le père Piquedent lui tira son chapeau en s'inclinant. Elle lui tendit la main, et ils se regardèrent sans dire un mot. Puis ils montèrent dans mon bateau et je pris les rames.

Ils étaient assis côte à côte, sur le banc d'arrière.

Le vieux parla le premier :

« Voilà un joli temps, pour une promenade en barque. »

Elle murmura :

« Oh ! oui. »

Elle laissait traîner sa main dans le courant, effleurant l'eau de ses doigts, qui soulevaient un mince filet transparent, pareil à une lame de verre. Cela faisait un bruit léger, un gentil clapot, le long du canot.

Quand on fut dans le restaurant, elle retrouva la parole, commanda le dîner : une friture, un poulet et de la salade ; puis elle nous entraîna dans l'île, qu'elle connaissait parfaitement.

Alors elle fut gaie, gamine et même assez moqueuse.

Jusqu'au dessert, il ne fut pas question d'amour. J'avais offert du champagne, et le père Piquedent était gris. Un peu partie elle-même, elle l'appelait :

« Monsieur Piquenez. »

Il dit tout à coup :

« Mademoiselle, M. Raoul vous a communiqué mes sentiments. »

Elle devint sérieuse comme un juge.

« Oui, monsieur !

— Y répondez-vous ?

— On ne répond jamais à ces questions-là ! »

Il soufflait d'émotion et reprit :

« Enfin, un jour viendra-t-il où je pourrai vous plaire ? »

Elle sourit :

« Gros bête ! Vous êtes très gentil.

— Enfin, mademoiselle, pensez-vous que plus tard, nous pourrions... ? »

Elle hésita, une seconde ; puis d'une voix tremblante :

« C'est pour m'épouser que vous dites ça ? Car jamais autrement, vous savez ?

— Oui, mademoiselle !

— Eh bien ! ça va, monsieur Piquenez ! »

C'est ainsi que ces deux étourneaux se promirent le mariage, par la faute d'un galopin. Mais je ne croyais pas cela sérieux ; ni eux non plus, peut-être. Une hésitation lui vint à elle :

« Vous savez, je n'ai rien, pas quatre sous. »

Il balbutia, car il était ivre comme Silène :

« Moi, j'ai cinq mille francs d'économies. »

Elle s'écria triomphante :

« Alors nous pourrions nous établir ? »

Il devint inquiet :

« Nous établir quoi ?

— Est-ce que je sais, moi ? Nous verrons. Avec cinq mille francs, on fait bien des choses. Vous ne voulez pas que j'aille habiter dans votre pension, n'est-ce pas ? »

Il n'avait point prévu jusque-là, et il bégayait fort perplexe :

« Nous établir quoi ? Ça n'est pas commode ! Moi je ne sais que le latin ! »

Elle réfléchissait à son tour, passant en revue toutes les professions qu'elle avait ambitionnées.

« Vous ne pourriez pas être médecin ?

— Non, je n'ai pas de diplôme.

— Ni pharmacien ?

— Pas davantage. »

Elle poussa un cri de joie. Elle avait trouvé.

« Alors nous achèterons une épicerie ! Oh ! quelle chance ! nous achèterons une épicerie ! Pas grosse par exemple ; avec cinq mille francs on ne va pas loin. »

Il eut une révolte :

« Non, je ne peux pas être épicier... Je suis... je suis... je suis trop connu... Je ne sais que... que... que le latin... moi... »

Mais elle lui enfonçait dans la bouche un verre plein de champagne. Il but et se tut.

Nous remontâmes dans le bateau. La nuit était noire, très noire. Je vis bien, cependant, qu'ils se tenaient par la taille et qu'ils s'embrassèrent plusieurs fois.

Ce fut une catastrophe épouvantable. Notre escapade, découverte, fit chasser le père Piquedent. Et mon père, indigné, m'envoya finir ma philosophie dans la pension Ribaudet.

Je passai mon bachot six semaines plus tard. Puis j'allai à Paris faire mon droit ; et je ne revins dans ma ville natale qu'après deux ans.

Au détour de la rue du Serpent une boutique m'accrocha l'œil. On lisait : *Produits coloniaux Piquedent*. Puis dessous, afin de renseigner les plus ignorants : *Épicerie*.

Je m'écriai :

« *Quantum mutatus ab illo !* »

Il leva la tête, lâcha sa cliente et se précipita sur moi les mains tendues.

« Ah ! mon jeune ami, mon jeune ami, vous voici ! Quelle chance ! Quelle chance ! »

Une belle femme, très ronde, quitta brusquement le comptoir et se jeta sur mon cœur. J'eus de la peine à la reconnaître tant elle avait engraissé.

Je demandai :

« Alors ça va ? »

Piquedent s'était remis à peser :

« Oh ! très bien, très bien, très bien. J'ai gagné trois mille francs net, cette année !

— Et le latin, monsieur Piquedent ?

— Oh ! mon Dieu, le latin, le latin, le latin, voyez-vous, il ne nourrit pas son homme ! »

(*Nouvelles*)

Guy de MAUPASSANT

Finalement, dans la vie de Guy de Maupassant (1850-1893), seuls deux professeurs comptèrent vraiment. Le premier fut sa mère, la jolie Laure Le Poittevin qui avait été enfant la compagne de jeux de Flaubert. Ce fut elle qui donna le goût de la littérature à son fils, lui faisant notamment découvrir Shakespeare. Le second professeur fut Flaubert lui-même, qui apprit à Maupassant le métier d'écrivain alors que celui-ci s'ennuyait dans un bureau du ministère de la Marine. Quand Laure se résolut à placer son fils âgé de treize ans au séminaire d'Yvetot, cela se passa plutôt mal. L'internat, tout comme la férule de maîtres ecclésiastiques, ne convinrent pas du tout au futur nouvelliste. Il tua le temps en écrivant de mauvais vers. Ils eurent au moins le mérite d'indigner le directeur de l'établissement qui chassa l'élève indocile. Les choses allèrent beaucoup mieux au lycée de Rouen où Maupassant devint un brillant élève. Écrivain des dénouements implacables et théoricien du naturalisme, il a su explorer la totalité de la société de son temps, se sentant aussi à l'aise dans la campagne normande que dans la haute société parisienne. Paysans, courtisanes, curés, soldats, artistes, journalistes, petits commerçants, hommes politiques, c'est l'ensemble des milieux sociaux qui furent radiographiés par la lumière noire d'un style d'où le passé composé et l'adjectif sont bannis. On ne sera donc pas surpris de trouver dans la nouvelle qui précède le portrait d'une de ces créatures dérisoires et admirables qui hantaient les établissements scolaires du XIXe siècle : le vieux pion.

Jules RENARD

Potaches

Pour les hommes qui n'ont pas une vie mondaine trop agitée, les souvenirs de collège demeurent ineffaçables. On dit toujours au bachelier qu'il ne connaît pas le monde, et on lui laisse espérer qu'une fois libre, il ira de surprise en surprise. S'il n'oubliait pas, instantanément et provisoirement, sa vie de collège qu'il ne se rappellera que plus tard, il s'apercevrait tout de suite, dehors, qu'il ne découvre rien de neuf, que les hommes diffèrent à peine des collégiens, et que, même chez les femmes, ses trouvailles ne sont pas surprenantes. Ne connaissait-il point déjà ses petites cousines, les sœurs de ses camarades, et, parmi ses camarades, celui qui se distinguait par des qualités féminines ?

Un collégien de seize ans a beaucoup vécu, mais il ne s'en doute pas. Il se traite lui-même de gamin. S'il observait et comparait, il pourrait dire à cet homme de quarante ans qui l'accable de son expérience :

— Que sais-tu, monsieur, de plus que moi ? En amitié, par exemple, y a-t-il des émotions, des joies, des amertumes que j'ignore ? Prétends-tu, toi qui fais l'homme grave et désabusé, que ton ami est plus fidèle ou plus capricieux que le mien ? Raconte-moi une aventure qui remue le cœur comme ma dernière brouille avec mon ami ?

« Écoute, monsieur, cet ami s'appelle Brûlebois. Nous sommes amis depuis la huitième. Nous avons fait toutes nos classes ensemble, côte à côte. Il n'est pas plus bête et pas plus intelligent que moi et nous décrochons la place de premier aussi souvent l'un que l'autre. Naturellement, on se bat chaque fois que l'occasion se présente. Il est un peu plus fort que moi, mais je suis un peu plus rusé. Je me souviens, monsieur, qu'un jour, je recevais de lui coups de pied et coups de poing sans les rendre, mais je le tenais serré par sa veste et je le poussais peu à peu vers le mur. Il y avait, à notre hauteur, un clou planté dans le mur et qui dépassait. Au pied du mur, je secouai fortement Brûlebois et sa tête fut labourée par le clou : il était vaincu ! Je l'aidai à laver sous la pompe ses cheveux ensanglantés. On s'aime bien, monsieur !

« La dernière fois qu'on s'est battu, c'était à l'étude du soir. Nous avions comme tampon, sur notre banc, le petit Alexandre. C'est notre ami commun, plus jeune. Il n'a pas d'importance, si ça va bien entre Brûlebois et moi, mais aux heures de brouille, il devient indispensable et nous sert de confident. Il avait déjà reçu, la semaine dernière, en pleine figure, un verre de vin que je lançais à la tête de Brûlebois, ce qui lui valut l'honneur d'être épongé fraternellement par nos deux serviettes.

« Ce soir-là, à propos d'un dictionnaire que je ne voulais pas prêter, Brûlebois, furieux parce que le dictionnaire lui appartenait, me flanqua une calotte. La bataille commença. Nous étions debout, appuyés au petit Alexandre qui cachait sa tête sous son bras, recevait les coups mal dirigés, les plus nombreux, et criait de temps en temps : "Holà ! holà !" Le pion nous regardait, intéressé ; il se disait : "Quand ils auront fini, ils s'arrêteront." Les élèves ayant exécuté un demi-tour sur leur derrière, porte-plume à l'oreille ou à la bouche, s'amusaient comme au spectacle gratuit.

« Personne, monsieur, n'essayait de nous séparer, et nous serions tombés de fatigue sur le dos d'Alexandre, si le Principal n'avait enfin paru.

« C'est un gros homme redoutable et ingénieux. Il a fait construire dans le mur mitoyen une cage de verre d'où il peut surveiller deux études à la fois. Il s'y installe à l'improviste, et, avec l'air d'un Principal responsable, il digère là, une heure ou deux, tandis que les pions vont se promener. Brûlebois le vit avant moi. J'étais sans doute aveuglé par la rage. Surpris, il oublia de parer et reçut à la base du nez le seul coup de poing qui porta. Le sang jaillit. Brûlebois saigne toujours comme un veau ! Il fallut encore le mener sous la pompe. Le Principal ne dit rien, tant l'étonnait d'abord l'attitude indifférente du pion. Il se contenta de déplacer Brûlebois et de mettre entre nous plusieurs rangs de pupitres. J'étais honteux et désolé, prêt aux excuses. Nos colères se calmaient d'habitude sous le jet de la pompe. Quand Brûlebois revint, il ne m'adressa ni un sourire ni un regard. Il semblait gelé par l'eau froide. Il s'assit à sa nouvelle place et fit voler, avec une sombre ardeur, les feuilles de son dictionnaire reconquis.

« Aussitôt, je passai au petit Alexandre, qui le passa à Prévôt qui copie toutes ses compositions, qui le passa à Milard averti d'un coup de pied au bas du dos parce qu'il a la teigne, qui le passa à Forenbach le bûcheur, qui le passa à Bouloy, neveu de Gérôme et plus âgé que son oncle, qui le passa enfin à Brûlebois, un billet plié en quatre où j'avais écrit : "Es-tu fâché ?"

« Par la même voie, le billet me revint avec cette réponse : "Oui."

« Le même billet demanda : "Veux-tu te défâcher ?"

« Par une voie un peu détournée, car Forenbach le bûcheur dit "Zut !" et fut remplacé par Bossu qui lâche des lézards dans le lit des pions, j'obtins cette réponse cruelle : "Non !"

« J'ai gardé le billet, monsieur !

« À la récréation suivante, je tendis la main à Brûlebois ; il dit : "Jamais !" et tourna les talons. Pourquoi ? pourquoi ? J'étais navré.

« Le Principal, qui n'avait rien dit, nous punit tous les deux également.

Nous devions avoir, cette année (c'était notre tour), les prix d'honneur décernés par les maîtres réunis, Brûlebois le premier, moi le second, ou lui le second et moi le premier. Nous n'eûmes pas un accessit. On ne donne point des prix d'honneur à des sauvages, n'est-ce pas, monsieur ? Et le petit Alexandre, à sa grande surprise qu'il nous avoua, obtint le premier prix. Il était si confus qu'il l'aurait partagé en deux pour nous en offrir à chacun la moitié.

« La rancune de Brûlebois ne céda pas aux cris de : “Vivent les vacances !” Il partit sans me dire au revoir. Il bouda deux mois chez lui.

« À la rentrée, il rapportait sa figure hostile. Je le croyais bien perdu ! Comme l'année serait insipide et longue ! Ah ! monsieur, j'avais assez de chagrin pour être sûr de connaître l'amitié.

« Mais à l'étude qui suivit la messe du Saint-Esprit, je reçus ce billet : “Veux-tu te défâcher ?”

« Je ne pris pas le temps de répondre au moyen du billet, je me dressai, et, par-dessus les camarades, je fis à Brûlebois, pâle comme je l'étais sans doute, un grand signe de tête qu'il n'eut pas de peine à comprendre.

« Voilà, monsieur ! »

Et je revois ce pion, qui ne fut des nôtres qu'un jour et disparut le lendemain, après nous avoir donné l'exemple d'une lâcheté héroïque. Quelle scène ! J'y assiste encore. M. le directeur (il faut être exact dans les souvenirs sous peine d'invraisemblance : ce n'était pas un principal de collège mais un chef d'institution libre, un marchand de soupe qui s'efforçait d'attirer les élèves par une nourriture plus soignée que celle du lycée, qui multipliait les promenades agréables pour tous, et ne craignait pas d'offrir aux grands quelques heures de liberté en ville) ; M. le directeur nous amène le nouveau pion à l'étude du soir. D'ordinaire il présente les pions par un petit discours inintelligible que les élèves écoutent debout. Cette fois, nous n'avons pas même le temps de nous dresser. Il l'installe, sans cérémonie, sans le nommer, à sa chaire, le salue et se retire comme s'il n'était pas fier de sa trouvaille.

Qu'est-ce encore que celle-là ?

Nous en avons vu passer bien d'autres, des pions, à la boîte : elle semble le dernier refuge de ceux qu'on a chassés de partout. Où peuvent-ils aller, quand la nôtre les rejette ?

L'arrivée du dernier venu est toujours une distraction, mais celui-là impressionne. Il est jeune, de grande taille, large d'épaules, et il a des mains blanches. Il les frotte devant sa figure, soit pour les montrer, soit qu'il se cache et nous regarde derrière ses mains, avec ses lunettes. Nous observons en détail ses fortes mâchoires, ses lèvres rasées, ses joues bleues d'une barbe qui repousse, un front carré et net sous une chevelure noire rejetée en arrière. Ce pion doit être terrible quand il se fâche. On remarque son air gauche dans sa redingote étriquée.

Tout à coup, il dit d'une grosse voix, le bras tendu :

— Qu'est-ce que vous faites, vous, là-bas ?

— Qui, moi ?

— Oui, vous ; votre nom ?

— Rebel.

— Rebel, qu'est-ce que vous faites ?

— Rien.

— Comment, rien ! vous fumez à l'étude ?

— Non.

Rebel ne dit pas : « Non, monsieur. » Il dit : « Non » tout court, sèchement.

Le pion, après avoir pris soin d'aplatir ses cheveux sur le derrière de son crâne, se lève, quitte la chaire et va droit à cet élève qui fume.

— C'est un curé, dit à mi-voix Prévôt.

— Un défroqué, ajoute Brûlebois.

En effet, c'est bien un curé en civil. On aperçoit, sous les longues mèches de cheveux plaqués, la tache blanchâtre d'une tonsure.

À la suite de quelle vilaine histoire échoue-t-il ici ?

Mais ce n'est pas la question. En ce moment, ce qui nous émeut, c'est sa sortie contre Rebel. Il ne connaît pas Rebel, notre aîné, solide comme un homme, qui se prépare à Polytechnique, et sait par cœur des chapitres de *La Révolution française*, de Michelet.

De légers flocons de fumée s'échappent par les fentes du pupitre. C'est l'heure où Rebel se livre à son occupation favorite, presque quotidienne.

— Vous fumez dans votre pupitre ? demande le curé.

— Non.

— Comment, non ! et cette fumée ! Ouvrez !

Rebel hésite. Déjà officier par le cœur, il a perdu l'habitude d'obéir. M. le directeur même renonce à lui donner des ordres. Cependant, pour être poli avec l'étranger, il soulève le couvercle du pupitre, tandis que les élèves, qui riaient d'avance, éclatent de rire à la mine stupéfaite du pion, qui renifle, malgré lui, une agréable odeur.

— Vous faites du chocolat !

— Oui, répond Rebel, gentiment, comme il dirait : "Vous voyez, je fais cuire mon chocolat ordinaire sur un petit fourneau de ma création."

— Éteignez ça ! dit le curé.

Ah ! non, pas si vite ! Il faut que ça bouille le temps nécessaire. L'inconnu devrait se rendre compte !

Il se promène de long en large, disant : « Silence, messieurs, ne regardez pas ; au travail ! Les discours de Démosthène sentaient l'huile ! »

Qu'est-ce que ça peut bien nous faire ?

Et quand il repasse près de Rebel, il répète :

— Éteignez ça ! je vous prie. Voulez-vous éteindre ça ?

Rebel ne répond même plus.

Alors, M. le curé, l'ancien curé, d'une chiquenaude à la casserole, renverse le chocolat sur le petit fourneau, et, au même instant, reçoit une incontestable gifle en pleine joue.

Nous ne respirons plus ! Le terrible étranger va d'un coup de poing assommer ce fou de Rebel.

Du tout ! On ne me croira pas, c'est pourtant vrai ce que je dis là, puisque j'y étais. Dans un nuage de fumée odorante, Rebel, d'aplomb sur ses jambes ployées, les bras raccourcis, attend la suite. Rien n'arrive. L'homme, la figure décomposée, ses mains protectrices écartées devant ses lunettes, recule. Et nous entendons, ahuris, ce court dialogue :

— Vous l'avez reçue ?

— Oui, oui.

— En voulez-vous une autre ?

— Non, non.

— La prochaine fois vous laisserez mon chocolat tranquille.

— Bien, bien.

Oh ! que c'est pénible ! Nous comprenons mal. Cet homme a-t-il peur ? Ne lui a-t-on jamais appris à rendre au moins coup pour coup ? Ménage-t-il Rebel ? Oui. Ce doit être ça. Par une générosité inexplicable, il se retient de le tuer. Nous ne triomphons pas avec notre camarade, que gêne, d'ailleurs, sa facile victoire, et nous souffrons d'une grande pitié pour l'inconnu.

Il se rassied à son bureau, tête basse. Est-ce qu'il pleure ?

Rebel essuie le fond de son pupitre, ses cahiers et ses livres. Nous nous remettons au travail, agités de sentiments obscurs, et l'étude s'achève silencieuse.

Que va faire l'homme ? Un rapport au directeur ? Et après ? Non, il ne dira rien, nous le sentons. Il partira, nous en sommes sûrs, et demain, le malheureux se cherchera quelque autre refuge.

(*L'Œil clair*)

Jules RENARD

Inoubliable peintre de l'enfance malheureuse et du sadisme maternel dans *Poil de Carotte*, Jules Renard (1864-1910) est aussi l'auteur d'un remarquable *Journal* où les mots d'esprits qui stigmatisent le milieu littéraire au tournant du siècle dernier se mêlent à des « brèves » poétiques qui parsèment la vie quotidienne d'éclairs lumineux comme autant de haïkus subtilement distanciés. Avec une lucidité ironique qui est sa marque de fabrique, il écrivait de lui-même : « Jules Renard, ce Maupassant de poche. On dira de lui qu'il était le premier des petits écrivains. » Sa première qualité, en effet, fut de ne jamais s'épargner, ce qui lui permit de brillants exercices de cruauté naturaliste dans le roman *(L'Écornifleur)* comme au théâtre *(Le Plaisir de rompre* et *Le Pain de ménage).* Élu maire de son village natal de Chitry-les-Mines dans la Nièvre en 1904, il collabore la même année aux débuts de *L'Humanité*. Laïc convaincu, anticlérical raisonnable, Jules Renard garde plutôt un bon souvenir de l'école comme on le voit dans « Potaches », extrait de *L'Œil clair*. Sur l'un des bulletins scolaires, on peut lire l'appréciation suivante : « Vous avez un style de médecin, presque de pharmacien. » Qu'il s'agisse ou pas d'un compliment importe peu tant il est vrai que la lecture de Jules Renard et de son pessimisme allègre a quelque chose de réellement thérapeutique.

Marcel PROUST

La classe de philosophie

Il était huit heures et demie. Les élèves étaient en classe, tous agités parce que leur nouveau professeur de philosophie, M. Beulier, qu'ils ne connaissaient pas encore, n'était pas arrivé. Déjà quelques grands, ambitieux de traiter directement avec les autorités et de revenir à la classe marchant à côté d'elles, de traverser la cour aux yeux curieux des élèves écrasés contre les vitres des autres classes, se préparaient à aller trouver le proviseur et le censeur.

« Taisez-vous donc, tas de créatures », s'écria la grosse voix toujours écoutée de Buffeteur, que l'excès de sa cancrerie avait rendu considérable non seulement aux élèves et aux garçons de salle qui rivalisaient à son égard d'admiration et de sympathie, mais même au censeur qui lui disait bonjour avec le sourire protecteur et craintif d'un ministre qui rencontre le chef de l'opposition. Le proviseur lui-même quand il venait dans la classe écouter le résultat des compositions, au moment où le professeur prononçait, comme à toutes les proclamations passées, comme à toutes les proclamations futures : « Le dernier, Buffeteur » et où Buffeteur se dressant sur son banc criait avec une arrogance bon enfant : « Présent, monsieur le Proviseur », le proviseur lui-même avait un sourire ironique mais cordial et inconsciemment respectueux pour ce gros garçon qui se mouvait à travers l'année d'une place de dernier à l'autre, sans perfectionnement, sans erreur, sans hésitation avec l'invariabilité brute d'une loi de la nature. Jean fut violemment tiré de sa rêverie par la grosse voix de Buffeteur. Il savait que le professeur, M. Beulier, dans la division duquel on ne voulait pas d'abord le placer – « nous craignons, disait Mme Santeuil, qu'il n'achève de lui faire perdre ce qui lui reste de cervelle » – était un grand philosophe, l'esprit le plus profond qu'aient jamais connu les plus intelligents de ses camarades et il essayait vainement, dans une attente passionnée, avec un grand espoir qu'il ferait du bien à sa pensée lasse de s'analyser sans cesse, de se figurer le grand homme qui tardait tant à venir. « Oui, tas de crétins, reprit Buffeteur parmi les cris des élèves montés sur leurs bancs, êtes-vous assez crétins de vouloir aller prévenir le proviseur ! Tas de brutes ! Nous allons fermer la porte comme si le professeur était là, et pendant ce temps-là nous pourrons faire tout ce que nous voudrons. Vous ne comprenez donc pas ? »

À ce moment apparut tout courant à la porte de la classe un monsieur roux très essoufflé, le cou dans un foulard, avec des lunettes et une serviette. Les élèves qui se promenaient intrépidement encore sur les rangs de pupitres comme des matelots sur un bateau, grimpant aux poutres, ou faisant de l'équilibre sur deux planches, au milieu de bruits aussi multiples et assourdissants que les bruits du vent, des cordages et de la mer, se ruèrent sur leurs bancs en une seconde. Ils avaient mis une précipitation si vertigineuse à accomplir cette manœuvre que le professeur en entrant les vit tous devant lui, assis à leurs bancs comme des rameurs, le visage encore rougi et les cheveux soufflés par la tempête, mais disposés en bon ordre et prêts à obéir. Jean, sans pouvoir bien s'imaginer ce que serait cette classe de philosophie, s'aidait pourtant de phrases de Renan, de Barrès pour en imaginer la douceur désenchantée. M. Beulier commença à parler. Il avait un accent bordelais extrêmement prononcé qui étonna Jean. Il disait « phi-lô-sô-phie », « ni-ai-zeu-rie », en marquant autant l'une que l'autre les quatre syllabes. Sa figure énergique et colorée n'exprimait ni scepticisme, ni dilettantisme, ni caressante douceur. Il parla avec un enchaînement auquel Jean était si peu habitué qu'il éprouva de la fatigue, et au bout de cinq minutes cessa de suivre. À aucun moment les doux mots de « vanité de la vie », de « nirvana » ne vinrent comme un air connu et doux rappeler son attention distraite. Et il ne trouva dans toute la leçon aucune de ces images splendides et parfumées auxquelles il aurait pu pendant cette rude course intellectuelle faire halte comme auprès d'un reposoir de fleurs. Bien plus, lui qui savait qu'il n'y a ni bien ni vrai, il fut stupéfait d'entendre cet homme dont on lui avait vanté le génie, parler du bien, de la vérité, de la certitude, de même qu'il s'étonna de l'entendre parler avec un plaisir visible de certaines inventions mécaniques, de certaines cultures de fleurs, qu'il croyait pouvoir intéresser les seules personnes à qui le royaume de l'esprit était fermé. Pour le royaume de l'esprit, il l'imaginait comme superposé à la terre mais sans que rien de la terre y pénétrât jamais que les parfums, la pitié, la corruption, la mélancolie et les chats. Mais il pensait surtout que les sciences n'offraient quelque intérêt qu'à cette race disciplinée mais barbare, ignorante des muses et des dieux et qu'excitait chaque lundi à de nouvelles découvertes le professeur de mathématiques, parmi les odeurs empoisonnées, les explosions meurtrières des expériences qui rataient toujours, au cri sauvage et déchirant de la craie passant et repassant comme une scie dans ses démonstrations hostiles sur le tableau noir. Aussi commença-t-il à douter de la valeur de son nouveau maître quand il l'entendit parler de la loi des interférences qui est si belle, puis à propos des travaux des abeilles dire d'une voix douce et triste : « Il y a des moments où je me dis que les savants sont plus heureux que nous de savoir toutes ces choses-là. J'ai souvent pensé que cela serait très agréable d'être un savant très intelligent, ou même simplement un curieux et de connaître à fond toutes ces choses. Il y a des heures où la sagesse de nos livres nous paraît bien froide à côté de cette vie ardente des abeilles. »

Puis Jean cessa d'écouter et se mit à parler bas avec ses voisins. M. Beulier lui fit signe de ne pas parler. Au bout de quelques instants, il se remit à causer. « Vous aurez une heure de retenue », dit M. Beulier en le désignant, mais avec tant de calme que Jean, habitué à la violence des autres professeurs, sentit bien que ce n'était pas une vraie punition, mais un simple avertissement. D'ailleurs, quand M. Beulier après la classe regarderait le nom de ce bavard qu'il avait puni, il verrait que c'était Santeuil qui lui était si chaudement recommandé et dont on lui avait remis les devoirs de vacances, ces devoirs dont Jean était si fier. Il frémissait d'impatience en pensant à la haute opinion qu'ils donneraient de lui à M. Beulier. Il l'entendait déjà disant aux élèves : « Messieurs, vous avez parmi vous quelqu'un qui n'est pas un élève, qui est déjà un poète, qui sera un jour un grand poète. » Voyant déjà les regards étonnés des élèves, savourant les paroles, variant à tout moment cette scène délicieuse, il avait la fièvre à calculer qu'en huit jours M. Beulier n'avait pas eu le temps d'avoir lu ces devoirs et d'en rendre compte, et ignorant encore du sceau génial qui le distinguait des autres élèves, le confondait avec eux. Mais à sa grande surprise M. Beulier un quart d'heure avant la fin de la classe sortit de sa serviette une pile de copies où Jean reconnut les devoirs de vacances. « J'ai voulu les lire avant de commencer mon cours afin de perdre moins de temps », dit M. Beulier. Le cœur de Jean battait à se rompre. « Aucun de ces devoirs d'ailleurs ne vaut la peine que nous nous arrêtions bien longtemps », Jean ajouta mentalement : « Mais j'ai tenu à mettre à part, car ce ne sont pas à proprement parler des devoirs... Je n'ose pas affirmer que ce sont des chefs-d'œuvre mais j'y vois la messe. » « Ils sont bien faibles », reprit M. Beulier, puis sa voix devenant très douce, il ajouta en souriant : « Mais que cela ne vous décourage pas, vous étiez fatigués, vous aviez mieux à faire à ce moment-là que de travailler. Je ne vous jugerai pas là-dessus. Voyons, voici rapidement les quelques observations qui peuvent être utiles à chacun. » On arriva à S. Quelques élèves d'abord. Puis : « M. Santeuil. Ce n'est pas un des plus mauvais. Oh ! ce n'est pas bien bon non plus, il y a bien (c'est comme les autres, se dit Santeuil, de l'incohérence, de la folie) des banalités courantes, toutes les mauvaises manières d'écrire que vous avez apprises dans les journaux ou les revues. Mais ce n'est pas votre faute. Ce n'est pas à vous. On ne peut pas non plus exiger à votre âge que vous ayez un goût tout à fait sûr. Et certainement vous avez un peu de goût. Oh ! un tout petit peu, un rien de goût, noyé dans bien des mauvaises choses, mais enfin c'est toujours cela. Mais vous aurez beaucoup à faire pour composer (un chef-d'œuvre, pensa Santeuil) une dissertation de philosophie. Il faudra soigneusement bannir toutes ces métaphores, toutes ces images qui, mieux choisies que les vôtres, peuvent plaire au poète, mais que même alors la philosophie ne tolère pas. Mais même pour le professeur de lettres, ne grossissez pas la voix pour dire des banalités. Les « rouges incendies du couchant », comment osez-vous écrire cela ? C'est de la couleur pour un petit journal d'où, voyons, de province, non, pas même, des côlônies. Peut-être, que sais-je, le rédacteur du journal de Mozambique émaille-t-il un article de ces verrôteries et les dames de là-bas y reconnaissent leur Chateaubriand. Non, n'est-ce pas, vous avez mis cela sans y penser, j'insiste trop. De même, pourquoi parler tout le temps de parfums exquis, d'odeurs embaumantes ? Qu'est-ce que cela dit à l'imagination ? C'est l'écœurante marchandise des petites parfumeuses de lettres. Laissez-la-leur. Vous avez sans doute éprouvé comme tout le monde la noble volupté que donnent certains parfums. Tâchez de nous le rendre, ce sera mille fois plus intéressant. Regardez comme vos phrases sont vagues. Vous dites : « On y respirait les senteurs enivrantes, pluie de suggestions obscures, du lilas et de l'héliotrope. » Laissez d'abord vos *suggestions*, et si c'est pour nous dire qu'elles sont *obscures* sans être capable de les éclaircir, autant n'en pas parler. Et n'allez pas mêler les senteurs du lilas et de l'héliotrope. Vous savez bien que c'est quand ils sont tout mouillés par la pluie qu'on sent vraiment l'odeur fraîche des lilas, tandis que l'héliotrope ne donne tout son parfum, qui est si doux, qu'au soleil. Mais ce n'est pas moi qui vous donnerai tous ces conseils, puisque je suis seulement ici pour vous apprendre la philosophie. » Mais Jean ne s'était jamais promené dans des jardins qu'en lisant des vers, sans regarder, sans respirer les fleurs. Ces distinctions ne parlaient pas à sa pensée, qui d'ailleurs suivait sans plaisir le discours simple du professeur, où elle ne trouvait aucune de ces surprises de langage, de ces saillies d'imagination qui à tout moment venaient arrêter, forcer, ravir son attention dans la lecture des moindres contes du *Gil Blas* ou de l'*Écho de Paris*. Sans rancune pour celui qui avait si soudainement, si violemment déçu son amour-propre, il le considérait pourtant avec une défiance craintive et mélancolique.

La classe finie, fier des hautes recommandations dont le nom de Santeuil allait faire réapparaître le souvenir dans l'esprit de M. Beulier, il lui dit en souriant : « Monsieur, c'est moi Santeuil, c'est moi que vous avez puni. » M. Beulier ne manifesta aucun étonnement. « Je viens vous demander si vous ne voudriez pas m'ôter ma punition. – Vous l'ôter, monsieur ? demanda M. Beulier avec une extrême douceur. Eh oui, cela doit vous ennuyer de venir ici. Je n'aime pas beaucoup les retenues. Vous allez venir demain pendant une heure faire des choses qui ne vous serviront pas beaucoup tandis que vous seriez bien mieux à vous promener avec un ami à Versailles. Vous avez bien raison, je n'aime pas beaucoup ce système de répression. » – Enfin, se dit Santeuil, ce n'est pas venu du premier coup, mais voilà ma retenue enlevée. – « Oui, oui, ce n'est pas une bien bonne chose, reprit-il en regardant Santeuil avec un air affectueux qu'il n'avait pas encore remarqué chez M. Beulier, oui, mais comment voulez-vous que je vous l'ôte ? Mais je ne peux pas, reprit-il avec vivacité. N'est-ce pas, en entrant ici comme professeur, je m'engage à vous faire tous travailler de mon mieux et je suis responsable des heures où en causant avec le voisin ou toute autre distraction vous ne travaillez pas. Or, je ne peux pas changer la discipline. Elle est maintenue à l'aide des retenues. Vous avez parlé. Je vous ai averti, vous avez reparlé, vous avez une retenue. Je ne peux rien faire à cela, bien entendu. Mais peut-être avez-vous une raison, un devoir important à remplir jeudi ? Alors, c'est autre chose. – Non, monsieur, dit Santeuil en rougissant. – Eh bien alors, vous viendrez jeudi en retenue, n'est-ce pas ? Eh, mais l'heure s'avance, c'est peut-être pour vous comme pour moi le moment d'aller déjeuner. » Et prenant rapidement congé de Santeuil, M. Beulier disparut en courant.

(*Jean Santeuil*)

Marcel PROUST

Bien avant de commencer dans une chambre tapissée de liège son marathon contre la mort en écrivant *À la recherche du temps perdu*, Marcel Proust (1871-1922) avait dès 1896 commencé la rédaction d'un très gros roman d'apprentissage, *Jean Santeuil*, qui ne fut exhumé de ses papiers qu'aux alentours de 1950. Écrit à la troisième personne, on y retrouve de nombreux thèmes et motifs du grand œuvre à venir : les amours enfantines, l'introduction dans le grand monde, la découverte de la vocation littéraire, l'affaire Dreyfus, l'hypersensibilité au passage du temps. Entré au lycée Condorcet, Proust fut un élève des plus brillants et eut pour camarades de classes Léon Brunschvicg et Jean de Tinan. La découverte de la philosophie et ses répercussions capitales sur la formation de l'artiste telle qu'elle est racontée dans le présent extrait était un thème dans l'air du temps puisque Maurice Barrès, sensiblement à la même époque raconte longuement une expérience similaire dans son roman *Les déracinés*. Chez Proust, ce fut l'influence de Bergson, le philosophe de la durée, qui joua un rôle capital dans l'élaboration de son œuvre.

Louis PERGAUD

Nouvelles batailles

Panurge soubdain leva en l'air la main dextre, puys d'icelle mist le pouce dedans la narine d'ycellui cousté, tenant les quatre doigtz estenduz et serrez par leur ordre en ligne parallèle à la pene du nez, fermant l'œil gauche entièrement, et guaignant du dextre avecques profonde dépression de la sourcille et paulpière...

RABELAIS (livre II, chap. XIX)

Lebrac arriva en classe le lundi matin à huit heures avec son pantalon raccommodé et une blouse à deux manches de couleurs différentes, ce qui lui donnait un peu l'air d'un « carnaval ».

Sa mère, en partant, l'avait sévèrement prévenu qu'il eût à prendre un soin spécial de ses habits et que si, le soir, on relevait dessus la plus petite tache de boue ou la moindre déchirure, il saurait de nouveau ce que cela lui coûterait. Aussi était-il un peu gêné aux entournures et assez mal à l'aise dans ses mouvements, mais cela ne dura pas.

Tintin, dès son entrée dans la cour, lui transmit de nouveau, confidentiellement, les serments d'éternel amour de sa sœur et les offres plus terre à terre, mais non moins importantes, de réparation mobilière des vêtements le cas échéant.

Cela leur prit une demi-minute à peine et ils gagnèrent immédiatement le groupe principal où Grangibus pérorait avec volubilité, expliquant pour la septième fois comme quoi son frère et lui avaient failli, la veille au soir, tomber derechef dans l'embuscade des Velrans, qui ne s'en étaient pas tenus comme la première fois à des injures et à des cailloux lancés, mais avaient bel et bien voulu se saisir de leurs précieuses personnes et les immoler à leur insatiable vengeance.

Heureusement les Gibus n'étaient pas loin de la maison ; ils avaient sifflé Turc, leur gros chien danois, qui était justement lâché ce jour-là (une veine !) et la venue du molosse qu'ils avaient « houkssé » aussitôt contre leurs ennemis, ses grondements, ses mines de s'élancer, ses crocs montrés derrière les babines rouges avaient mis prudemment en fuite la bande des Velrans.

Et dès lors, disait Grangibus, ils avaient demandé à Narcisse de détacher le chien tous les jours vers cinq heures et demie et de l'envoyer à leur rencontre pour qu'il pût, en cas de malheur, protéger leur rentrée à la maison.

— Les salauds ! grommelait Lebrac. Ah ! les salauds ! ils nous le paieront, va ! et cher !

C'était une belle journée d'automne : les nuages bas qui avaient protégé la terre de la gelée s'étaient évanouis avec l'aurore ; il faisait tiède : les brouillards du ruisseau du Vernois semblaient se fondre dans les premiers rayons du soleil, et derrière les buissons de la Saute, tout là-bas, la lisière ennemie hérissait dans la lumière les fûts jaunes et dégarnis par endroits de ses baliveaux et de ses futaies.

Un vrai beau jour pour se battre.

— Attendez un peu à ce soir, disait Lebrac, le sourire aux lèvres.

Un vent de joie passait sur l'armée de Longeverne. Les moineaux et les pinsons pépiaient et sifflaient sur les tas de fagots et dans les pruniers des vergers ; comme les oiseaux, eux aussi, ils chantaient ; le soleil les égayait, les rendait confiants, oublieux et sereins. Les soucis de la veille et la raclée du général étaient déjà loin et on fit une épique partie de saute-mouton jusqu'à l'heure de l'entrée en classe.

Il y eut, au coup de sifflet du père Simon, une véritable suspension de joie, des plis soucieux sur les fronts, des marques d'amertume aux lèvres et du regret dans les yeux. Ah ! la vie !...

— Sais-tu tes leçons, Lebrac ? demanda confidentiellement La Crique.

— Heu ! oui... pas trop ! Tâche de me souffler si tu peux, hein ! S'agirait pas ce soir de se faire coller comme samedi. J'ai bien appris le système métrique, j'sais tous les poids par cœur : en fonte, en cuivre, à godets et les petites lames par-dessus le marché, mais j'sais pas ce qu'il faut pour être électeur. Comme mon père a vu le père Simon, je vais sûrement pas y couper à une leçon ou à une autre ! Pourvu que j'y saute en système métrique !

Le vœu de Lebrac fut exaucé, mais la chance qui le favorisa faillit bien, par contrecoup, être fatale à son cher Camus, et sans l'intervention aussi habile que discrète de La Crique, qui jouait des lèvres et des mains comme le plus pathétique des mimes, ça y était bien, Camus était bouclé pour le soir.

Le pauvre garçon qui, on s'en souvient, avait déjà failli écoper les jours d'avant à propos du « citoyen », ignorait encore et totalement les conditions requises pour être électeur.

Il sut tout de même, grâce à la mimique de La Crique brandissant sa dextre en fourchette, les quatre doigts en l'air et le pouce caché, qu'il y en avait quatre.

Pour les déterminer, ce fut beaucoup plus dur.

Camus, simulant une amnésie momentanée et partielle, le front plissé, les doigts énervés, semblait profondément réfléchir et ne perdait pas de vue La Crique, le sauveur, qui s'ingéniait.

D'un coup d'œil expressif il désigna à son camarade la carte de France par Vidal-Lablache appendue au mur ; mais Camus, peu au courant, se méprit à ce geste équivoque et au lieu de dire qu'il faut être Français, il répondit à l'ahurissement général qu'il fallait savoir « sa giografie ».

Le père Simon lui demanda s'il devenait fou ou s'il se fichait du monde, tandis que La Crique, navré d'être si mal compris, haussait imperceptiblement les épaules en tournant la tête.

Camus se ressaisit. Une lueur brilla en lui et il dit :

— Il faut être du pays !

— Quel pays ? hargna le maître, furieux d'une réponse aussi imprécise, de la Prusse ou de la Chine ?

— De la France ! reprit l'interpellé : être Français !

— Ah ! tout de même ! nous y sommes ! Et après ?

— Après ? et ses yeux imploraient La Crique.

Celui-ci saisit dans sa poche son couteau, l'ouvrit, fit semblant d'égorger Boulot, son voisin, et de le dévaliser, puis il tourna la tête de droite à gauche et de gauche à droite.

Camus saisit qu'il ne fallait pas avoir tué ni volé ; il le proclama incontinent et les autres, par l'organe autorisé de La Crique, auquel ils mêlèrent leurs voix, généralisèrent la réponse en disant qu'il fallait jouir de ses droits civils.

Cela n'allait fichtre pas si mal et Camus respirait. Pour la troisième condition, La Crique fut très expressif : il porta la main à son menton pour y caresser une absente barbiche, effila d'invisibles et longues moustaches, porta même ailleurs ses mains pour indiquer aussi la présence en cet endroit discret d'un système pileux particulier, puis, tel Panurge faisant quinaud l'Angloys qui arguoit par signe, il leva simultanément en l'air et deux fois de suite ses deux mains, tous doigts écartés, puis le seul pouce de la dextre, ce qui évidemment signifiait vingt et un. Puis il toussa en faisant han ! et Camus, victorieux, sortit la troisième condition :

— Avoir vingt et un ans.

— À la quatrième ! maintenant, fit le père Simon, tel un patron de jeu de tourniquet, le soir de la fête patronale.

Les yeux de Camus fixèrent La Crique, puis le plafond, puis le tableau, puis de nouveau La Crique ; ses sourcils se froncèrent comme si sa volonté impuissante brassait les eaux de sa mémoire.

La Crique, un cahier à la main, traçait de son index d'invisibles lettres sur la couverture.

Qu'est-ce que ça pouvait bien vouloir dire ? Non, ça ne disait rien à Camus ; alors le souffleur fronça le nez, ouvrit la bouche en serrant les dents, la langue sur les lèvres, et une syllabe parvint aux oreilles du naufragé :

— Iste !

Il ne pigeait pas davantage et tendait de plus en plus le cou du côté de La Crique, tant et tant que le père Simon, intrigué de cet air idiot que prenait l'interrogé, fixant obstinément le même point de la salle, eut l'idée saugrenue, bizarre et stupide de se retourner brusquement.

Ce fut un demi-malheur, car il surprit la grimace de La Crique et l'interpréta fort mal, en déduisant que le garnement se livrait derrière son dos à une mimique simiesque dont le but était de faire rire les camarades aux dépens de leur maître.

Aussi lui bombarda-t-il aussitôt cette phrase vengeresse :

— La Crique, vous me ferez pour demain le verbe « faire le singe » et vous aurez soin au futur et au conditionnel de mettre « je ne ferai plus » et « je ne ferais plus le singe » au lieu de « je ferai », c'est compris ?

Il se trouva dans la salle un imbécile pour rire de la punition : Bacaillé, le boiteux, et cet acte stupide de mauvaise camaraderie eut pour conséquence immédiate de mettre en colère le maître d'école, lequel s'en prit violemment à Camus, qui risquait fort la retenue :

— Enfin vous ! allez-vous me dire la quatrième condition ?

La quatrième condition ne venait pas ! La Crique seul la connaissait.

« Foutu pour foutu, pensa-t-il, il fallait au moins en sauver un », aussi avec un air plein de bonne volonté et fort innocent, comme s'il eût voulu faire oublier sa mauvaise action d'auparavant, répondit-il en lieu et place de son féal et très vite pour que l'instituteur ne pût lui imposer silence.

— Être inscrit sur la liste électorale de sa commune !

— Mais qui est-ce qui vous demande quelque chose ? Est-ce que je vous interroge, vous, enfin ? tonna le père Simon de plus en plus monté, tandis que son meilleur écolier prenait un petit air contrit et idiot qui jurait avec son ressentiment intérieur.

Ainsi s'acheva la leçon sans autre anicroche ; mais Tintin glissa dans l'oreille de Lebrac :

— T'as-t'y vu, ce sale bancal ? tu sais, je crois qu'il faut faire attention ! y a pas de fiance à avoir en lui, il doit cafarder !

— Tu crois ? sursauta Lebrac. Ah ! par exemple !

— J'ai pas de preuves, reprit Tintin, mais ça m'épaterait pas, il est en « dessour », c'est un « surnois » et j'aime pas ces types-là, moi !

Les plumes grincèrent sur le papier pour la date qu'on mettait. Lundi... 189...

Éphémérides : commencement de la guerre avec les Prussiens. Bataille de Forbach !

— Dis, Tintin, demanda Guignard, je vois pas bien, est-ce que c'est Forbach ou Morbach ?

— C'est Forbach ! Des Morbachs, c'est l'artilleur de chez Camus qui en parlait aux Chantelots l'autre dimanche qu'il était en permission. Forbach ! ça doit être un pays !

Le devoir se fit en silence, puis un marmottement sourd, croissant peu à peu en volume et en intensité, indiqua qu'il était fini et que les écoliers profitaient du répit qu'ils avaient entre les deux exercices pour repasser la leçon suivante ou échanger des vues personnelles sur les situations respectives des deux armées belligérantes.

Lebrac triompha en système métrique. Les mesures de poids c'est comme les mesures de longueur, il y a même deux multiples en plus ; et il jonglait intellectuellement avec les myriagrammes et les quintaux métriques ni plus ni moins qu'un athlète forain avec des haltères de vingt kilos ; il ébahit même le père Simon en lui débitant du plus gros au plus petit tous les poids usuels, sans rien omettre de leur description particulière.

— Si vous saviez toujours vos leçons comme celle-ci, affirma le maître, je vous mènerais au Certificat l'année prochaine.

Le certificat d'études, Lebrac n'y tenait pas : s'appuyer des dictées, des calculs, des compositions françaises, sans compter la « giographie » et l'histoire, ah ! mais non, pas de ça ! Aussi les compliments ni les promesses ne l'émurent, et s'il eut le sourire, ce fut tout simplement parce qu'il se sentait sûr maintenant, même s'il flanchait un peu en histoire et en grammaire, d'être lâché quand même le soir à cause de la bonne impression qu'il avait produite le matin.

Quand quatre heures sonnèrent, qu'ils eurent filé à la maison prendre le chanteau de pain habituel et qu'ils se trouvèrent de nouveau rassemblés à la carrière à Pepiot, Camus, certain d'être en avance, partit avec Grangibus et Gambette pour surveiller la lisière, pendant que le reste de l'armée filait en toute hâte se mettre en tenue de bataille.

(*La Guerre des boutons*)

Louis PERGAUD

Fils d'un instituteur de campagne, Louis Pergaud (1882-1915) exerça lui-même ce métier à Maisons-Alfort avant de rentrer en 1906 comme rédacteur à la direction des beaux-arts de l'Hôtel de Ville de Paris. Prix Goncourt en 1910 pour un livre animalier, *De Goupil à Margot*, il est surtout passé à la postérité pour *La Guerre des boutons*, parue en 1912. Sous-titrée « roman de ma douzième année », cette épopée gauloise et joyeuse, mettant en scène la lutte sans merci de deux bandes d'enfants appartenant à des villages rivaux dans la France rurale du début du siècle, est placée sous le double patronage d'Homère et de Rabelais. À la nostalgie paisible de l'enfance qui émane de ce récit vient aujourd'hui s'ajouter celle, beaucoup plus poignante, d'une France disparue, manière d'Arcadie laïque et républicaine, parsemée d'écoles communales où l'apprentissage de la liberté, de l'égalité et de la fraternité n'était pas un vain mot. Si Louis Pergaud ne craignait pas « l'expression crue, à condition qu'elle fût savoureuse, ni le geste leste, pourvu qu'il fût épique », en bon hussard noir, il eut aussi le sens du devoir : il trouva la mort au combat, à Marchéville, dans la Meuse, le 4 avril 1915.

Librio
Le livre à 10 F

380

Composé par IGS-CP à Angoulême
Achevé d'imprimer en Europe
à Pössneck (Thuringe, Allemagne)
en juin 2000 pour le compte de E.J.L.
84, rue de Grenelle 75007 Paris
Dépôt légal juin 2000

Diffusion France et étranger : Flammarion